ARIEL MILANI MARTINE • GUILHERME DOMENICHELLI

GIGANTES DO PASSADO

Os mamíferos que viveram no Brasil durante a Idade do Gelo e seus parentes atuais

ilustrações
PÁBULO DOMICIANO

Texto © Ariel Milani Martine e Guilherme Domenichelli
Ilustração © Pábulo Domiciano

Diretor editorial
Marcelo Duarte

Diretora comercial
Patth Pachas

Diretora de projetos especiais
Tatiana Fulas

Coordenadora editorial
Vanessa Sayuri Sawada

Assistentes editoriais
Camila Martins
Henrique Torres

Projeto gráfico e diagramação
Marcello Araujo

Pesquisa iconográfica
Angelita Cardoso

Preparação
Bóris Fatigati

Revisão
Tássia Carvalho
Vanessa Oliveira Benassi

Impressão
Ipsis

CIP-BRASIL. CATALOGAÇÃO NA PUBLICAÇÃO
SINDICATO NACIONAL DOS EDITORES DE LIVROS, RJ

M334g

Martine, Ariel Milani
Gigantes do passado: os mamíferos que viveram no Brasil durante a Idade do Gelo e seus parentes atuais / Ariel Milani Martine, Guilherme Domenichelli; ilustração Pábulo Domiciano. – 1. ed. – São Paulo: Panda Books, 2022. 80 pp. il.

ISBN: 978-65-5697-183-4

1. Mamíferos – Literatura infantojuvenil. 2. Animais pré-históricos – Literatura infantojuvenil. 3. Período glacial – Literatura infantojuvenil. 4. Literatura infantojuvenil brasileira. I. Domenichelli, Guilherme. II. Domiciano, Pábulo. III. Título.

21-74255

CDD: 808.899282
CDU: 82-93(81)

Bibliotecária: Camila Donis Hartmann – CRB-7/6472

2022
Todos os direitos reservados à Panda Books.
Um selo da Editora Original Ltda.
Rua Henrique Schaumann, 286, cj. 41
05413-010 – São Paulo – SP
Tel./Fax: (11) 3088-8444
edoriginal@pandabooks.com.br
www.pandabooks.com.br
Visite nosso Facebook, Instagram e Twitter.

Nenhuma parte desta publicação poderá ser reproduzida por qualquer meio ou forma sem a prévia autorização da Editora Original Ltda. A violação dos direitos autorais é crime estabelecido na Lei nº 9.610/98 e punido pelo artigo 184 do Código Penal.

Para que as crianças conheçam o passado
e tenham um exemplo para o presente e
para a preservação do futuro.

SUMÁRIO

Apresentação — 7

O que foi a Idade do Gelo? — 8

   O Brasil ficou coberto de gelo durante a Idade do Gelo? — 10

   O que é megafauna? — 14
   Juntos e misturados — 16

   O que é paleontologia? — 17
   O que é um fóssil? — 18
   Paleontólogos brasileiros — 20

Galeria dos gigantes pela própria natureza — 22

   Preguiças — 24
   Preguiça-gigante — 26
   Preguiça-pan-americana — 28
   Catonix — 30
   Aitério — 31
   Notrotério — 32

   Tatus — 33
   Pampatério — 36
   Gliptodonte — 37
   Dedícuro — 39
   Oplofórus — 40
   Gliptodon — 41

Roedores	**42**
Capivara-gigante	43
Tigres-dentes-de-sabre	**44**
Ursos	**47**
Urso-de-cara-curta	48
Lobos	**49**
Cão-das-cavernas	50
Cavalos sul-americanos	**51**
Ameripus e hipidion	52
Porcos	**53**
Porco-brasileiro	54
Camelídeos	**55**
Paleolhama e lhama-gigante	58
Elefantes	**59**
Mastodontes	60
Toxodontes	**63**
Xenorrinotério	**65**
Macrauquênia	**66**
Macacos	**68**
Caipora	69

Extinção da megafauna 74

Os autores 78

APRESENTAÇÃO

Queridos exploradores,

Que tal pegar carona em uma máquina do tempo e conhecer o passado? Neste livro, vamos viajar para ver de perto os grandes mamíferos que viveram no Brasil durante a Idade do Gelo.

Há muito tempo, os dinossauros foram os reis do planeta. Depois de seu desaparecimento, os mamíferos é que passaram a ocupar muitos lugares. Com o tempo, várias espécies surgiram, como as preguiças-terrestres, os ursos-de-cara-chata, os cavalos pré-históricos e os poderosos tigres-dentes-de-sabre.

Muitos desses mamíferos, hoje conhecidos como animais da megafauna, desapareceram há relativamente pouco tempo, se levarmos em conta a história dos seres vivos no planeta Terra.

Uma curiosidade bem legal é que os homens primitivos que viviam no Brasil durante essa época caçavam e foram caçados (sim, isso acontecia bastante!) por muitos desses animais.

Existiram muitas espécies de animais da megafauna brasileira, então escolhemos algumas para vocês conhecerem e as compararmos com seus parentes atuais. Quer saber mais? Embarque nessa aventura e divirta-se com esses gigantes da Pré-História!

Um abraço de milhares de anos!

Ariel Milani Martine
Paleontólogo

Guilherme Domenichelli
Biólogo

O QUE FOI A IDADE DO GELO?

Nosso planeta é muito antigo e já passou por diversas coisas. Houve momentos na história da Terra em que as temperaturas baixaram muito e as áreas cobertas por gelo nos polos aumentaram. Esses momentos são chamados de glaciações. Algumas glaciações baixaram tanto as temperaturas da Terra que o mundo todo quase congelou, como a que aconteceu há mais ou menos 700 milhões de anos. Nessa época ainda não existiam plantas nem animais terrestres. Havia tanto gelo na Terra que ela chegou a ficar toda branquinha. Os cientistas chamam esse momento de **Terra Bola de Neve**.

Há cerca de 2,5 milhões de anos, os mamíferos já existiam e o mundo

era bem parecido com o de hoje. Naquele momento, iniciou-se um novo ciclo de períodos de glaciações (mais frios) e interglaciações (mais quentes). Há mais ou menos 100 mil anos, começou uma das mais severas glaciações. Ela é chamada pelos cientistas de Último Máximo Glacial, ou **Idade do Gelo**.

É muito comum ouvirmos o nome "Era do Gelo" em animações ou na internet, mas o correto é "Idade do Gelo". Cientificamente, o termo "era" é usado para definir um espaço de tempo muito grande, com milhões de anos, enquanto "idade" é algo mais curtinho, com alguns milhares de anos. Por isso, neste livro usamos "Idade do Gelo".

A Idade do Gelo foi a última glaciação que aconteceu e a que nós mais conhecemos. Nela, viveram os homens das cavernas e muitos mamíferos que hoje estão extintos, como os mamutes e os tigres-dentes-de-sabre.

Essa glaciação terminou há cerca de 10 mil anos e, desde então, as temperaturas estão subindo. Hoje, nós vivemos um momento **interglacial**. Porém, em poucos séculos, podemos entrar em uma nova glaciação.

Curiosidade ➤ Quanto tempo vai durar o **período interglacial** no qual estamos vivendo? Não sabemos com certeza. Porém, os impactos no meio ambiente causados pelas ações do homem, como poluição, queimadas e destruição da natureza, estão mudando o clima do planeta e certamente afetarão as variações naturais do ambiente.

Os animais da megafauna do hemisfério Norte, como os rinocerontes-lanosos e os mamutes, eram adaptados aos climas frios.

O QUE FOI A IDADE DO GELO?

O BRASIL FICOU COBERTO DE GELO DURANTE A IDADE DO GELO?

A resposta é não. Durante a última glaciação, as temperaturas baixaram muito, principalmente no hemisfério Norte, aumentando as áreas de um bioma chamado **Tundra**. Ela é um grande deserto de neve e gelo onde, durante o verão, parte do solo descongela, permitindo o crescimento de uma vegetação baixa, que é encoberta por neve no inverno seguinte.

Essa vegetação escondida é a base da alimentação dos animais herbívoros que vivem lá, como o boi-almiscarado. Hoje em dia, a Tundra está confinada a lugares como a Groenlândia, mas, durante a Idade do Gelo, esse bioma se espalhou pela Rússia, pelo Canadá, pelo norte dos Estados Unidos e pela Europa. No hemisfério Sul, também houve um pequeno resfriamento, e áreas congeladas do oceano Antártico aumentaram, chegando próximo à Patagônia, na Argentina.

Apesar de as temperaturas terem baixado muito nos extremos dos hemisférios, sobretudo no Norte, na região entre os Trópicos de Câncer e Capricórnio, elas caíram muito pouco, mantendo um clima quente e pouco úmido nessa faixa que inclui o Brasil. Com boa parte da água aprisionada em forma de gelo, os níveis dos oceanos baixaram, aumentando em muitos quilômetros a área da costa, expondo regiões do continente que antes estavam embaixo d'água.

A baixa umidade fez com que áreas de florestas, como as de Mata Atlântica, recuassem, aumentando a região do **Cerrado** e da **Caatinga**, biomas de clima mais seco. Os enormes espaços abertos dos cerrados e campos permitiram que os animais dessas regiões evoluíssem e aumentassem de tamanho.

Isso não significa que o clima quente tenha ocorrido em todas as regiões. Possivelmente, no Sul do país, o clima era um pouco mais frio em um bioma chamado **Pampa**. Por essa razão, esses grandes animais são mais

Durante o verão, parte do gelo na Tundra derrete, possibilitando o crescimento da vegetação rasteira desse bioma, que serve de alimento para herbívoros como o caribus e as renas.

O Cerrado é típico da região central do Brasil. Apresenta áreas mais abertas com capinzais e árvores médias com troncos retorcidos e casca grossa. É hábitat de animais como o tamanduá-bandeira, o tatu-canastra e o lobo-guará.

parecidos com a megafauna do Uruguai e da Argentina do que com aquela encontrada no restante do Brasil.

Com o final da última glaciação, por volta de 10 mil anos atrás, as temperaturas se elevaram no hemisfério Norte, e as geleiras começaram a derreter, aumentando a umidade no mundo todo e fazendo com que o nível dos oceanos subisse.

Aos poucos, o planeta começou a ficar como é agora. As áreas abertas de cerrados e pampas diminuíram drasticamente no Brasil, e os animais da megafauna, que estavam adaptados a esses ambientes, não suportaram as mudanças e se extinguiram.

Algumas espécies da megafauna, como o boi-almiscarado, ainda vivem em regiões geladas, principalmente no Canadá, na Groenlândia e no Alasca.

A Caatinga é um bioma que só existe no Brasil, na região Nordeste do país. Apresenta clima mais seco, com vegetação baixa e muitas vezes espinhenta, como o xiquexique e o mandacaru.

O Pampa é um bioma da região Sul do Brasil. Sua maior característica são as áreas abertas, com capinzais e árvores isoladas. O clima é frio durante boa parte do ano.

O QUE FOI A IDADE DO GELO?

À esquerda, mapa do Brasil atual com a disposição dos biomas. À direita, mapa do Brasil durante a Idade do Gelo, com áreas maiores ocupadas por biomas mais secos, como Caatinga e Cerrado. O nível mais baixo dos oceanos tornava maior a extensão da costa.

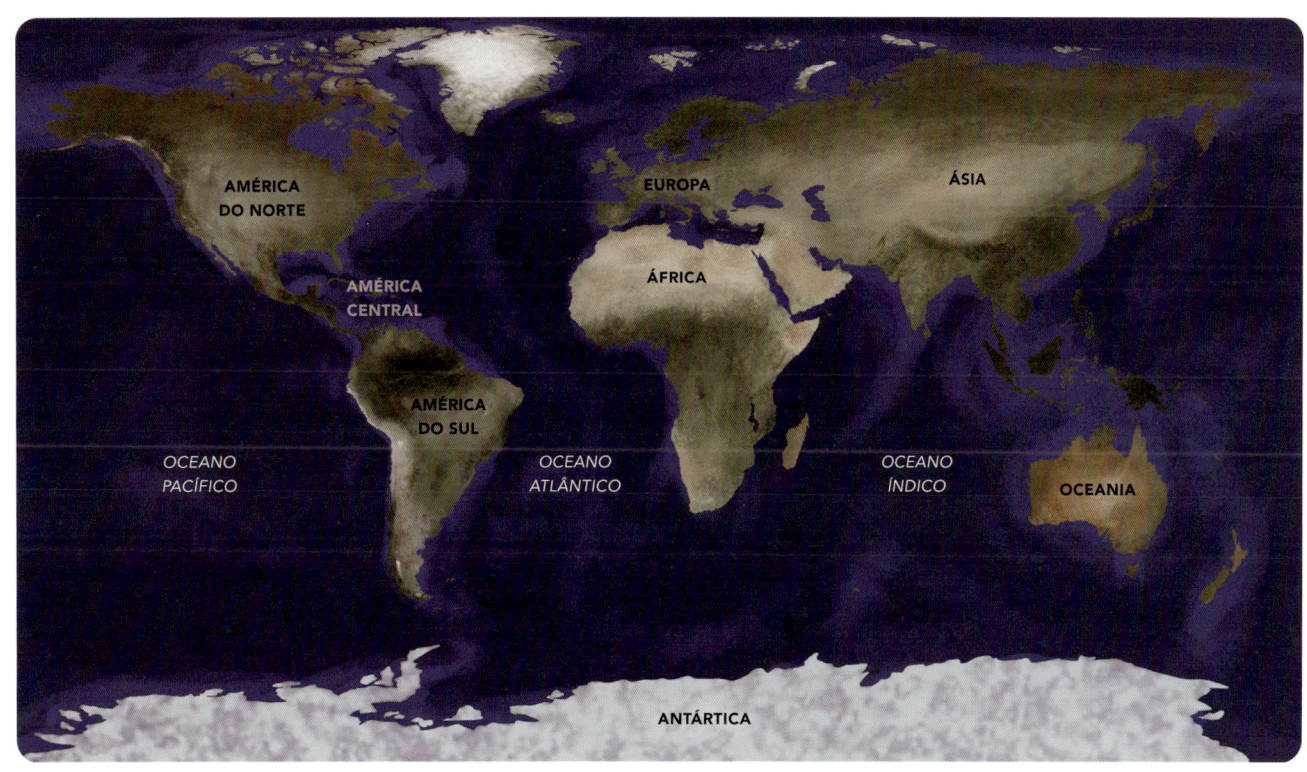

Mapa-múndi com a disposição atual das geleiras.

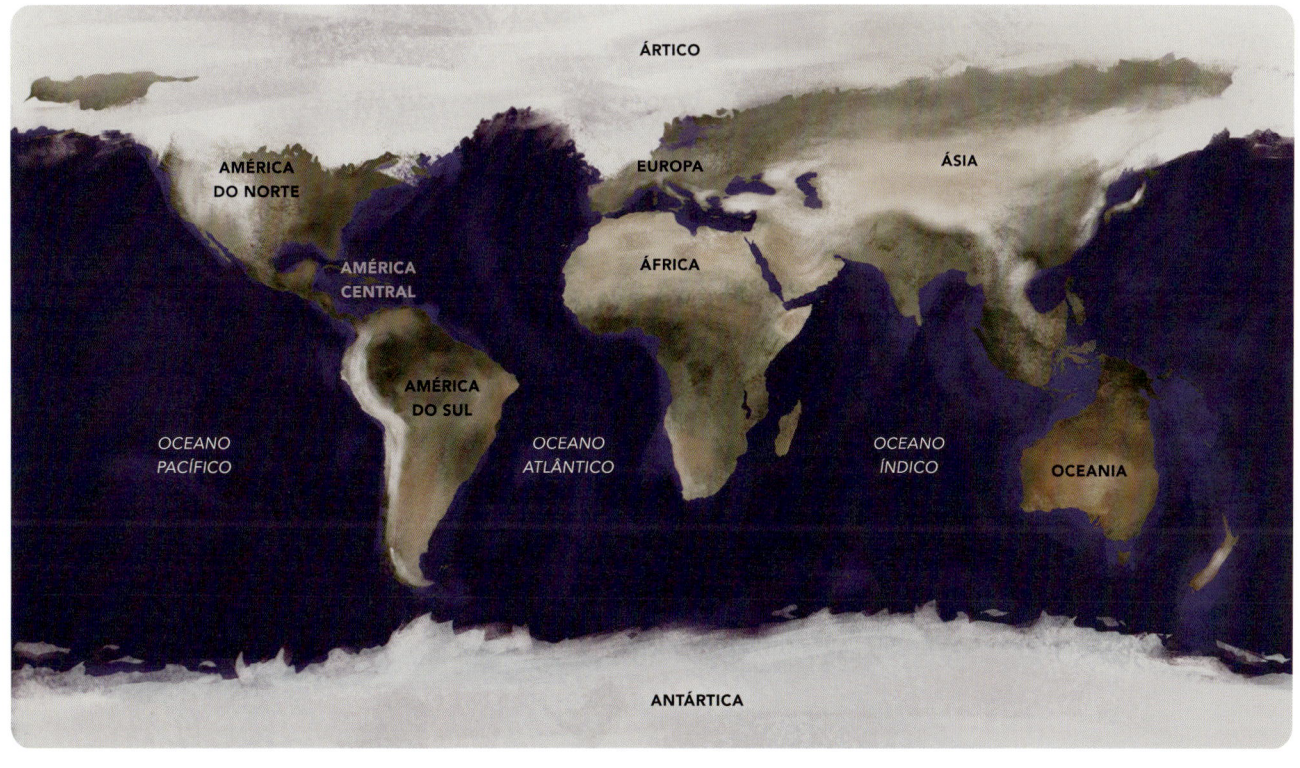

Mapa-múndi durante a Idade do Gelo, com maior concentração de geleiras no hemisfério Norte e nível dos oceanos mais baixo.

O QUE FOI A IDADE DO GELO?

O QUE É MEGAFAUNA?

Chamamos de megafauna todas as espécies de animais grandes, geralmente acima dos quarenta quilos. Os grandes animais da Idade do Gelo que viveram no Brasil, como os tigres-dentes-de-sabre, os mastodontes e as preguiças-terrestres, são todos pertencentes à megafauna.

Mas os grandes animais de hoje também podem ser chamados de megafauna? Sim! É mais comum usar esse termo para os animais do passado, porém as grandes espécies atuais também são consideradas megafauna.

Os maiores animais da atualidade são os **mega-herbívoros**, que pesam mais de uma tonelada, como o elefante, o rinoceronte e o hipopótamo.

Um pouco menores são os **grandes herbívoros**, que pesam entre quarenta e 999 quilos, como o bisão, o alce, a girafa e a anta.

Os carnívoros também entram nessa classificação. Os maiores de todos são os **megacarnívoros**, com peso acima de cem quilos, como o urso, o leão, o tigre e a onça-pintada. E os que pesam entre 21,5 e 99 quilos são chamados de **grandes carnívoros**, como o guepardo, o leopardo e a suçuarana.

Os elefantes e os rinocerontes são animais típicos da megafauna africana atual.

A anta é um exemplo de grande herbívoro brasileiro.

A suçuarana está entre os grandes carnívoros brasileiros.

O leão é um megacarnívoro africano.

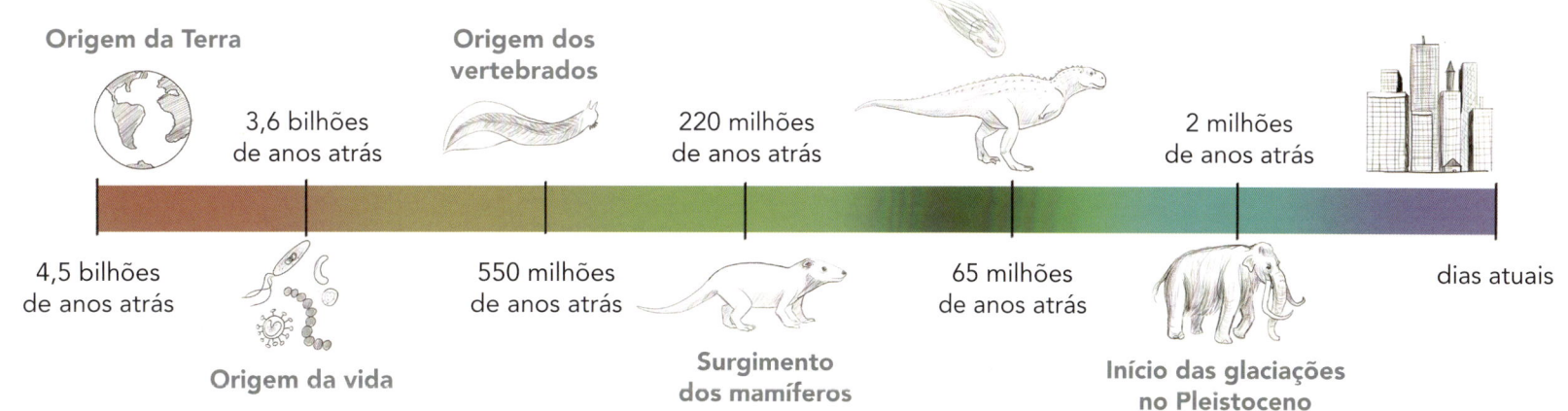

Você sabia? As **primeiras populações humanas** chegaram ao Brasil há mais de 11 mil anos e conviveram com a maioria dos animais da megafauna. Naquela época, o homem era o mais eficiente caçador do planeta e seu impacto sobre a megafauna pode, além dos fatores ambientais, ter acelerado a extinção desses animais.

O QUE FOI A IDADE DO GELO?

Juntos e misturados

Quando os dinossauros dominavam a Terra, os mamíferos já existiam. Por não conseguirem competir por alimento e por espaço com os dinossauros, os mamíferos, que eram pequenos, peludos e de sangue quente, em sua maioria, tinham hábitos noturnos. Durante o reinado dos dinossauros, o planeta era bem diferente. Todos os continentes estavam unidos e formavam um único e gigantesco bloco de terra chamado **Pangeia**. Quando os dinossauros estavam perto de serem extintos, movimentos no interior do nosso planeta passaram a deslocar a Pangeia, fazendo com que ela se fragmentasse e se separasse em partes que, hoje, conhecemos como **continentes**.

Há cerca de 60 milhões de anos, os grandes dinossauros estavam extintos, e a América do Sul tinha se separado da Pangeia, ficando isolada como uma imensa ilha rodeada pelos oceanos Atlântico e Pacífico. Então, sozinhos nessa grande ilha, os mamíferos sul-americanos evoluíram e ficaram diferentes dos mamíferos de outras partes do mundo. Enquanto na Ásia, na África e na América do Norte surgiram cavalos, veados, camelos, porcos, elefantes, tigres e lobos, na América do Sul evoluíram os tamanduás, os tatus, as preguiças, os marsupiais e outros animais bem diferentes.

Há mais ou menos 3 milhões de anos, ocorreram novos movimentos que fizeram surgir o **istmo do Panamá**, um pedacinho de terra entre a América do Sul e a América do Norte. Esse trecho de terra formou uma espécie de ponte que conectou os dois continentes.

Cruzando essa ponte de terra, os bichos do sul foram para o norte, e os do norte vieram para o sul. Esse evento é conhecido como o "grande intercâmbio da biota americana". Como resultado, a nossa megafauna, que era composta por preguiças-terrestres, ta-

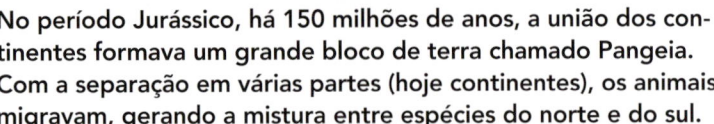

No período Jurássico, há 150 milhões de anos, a união dos continentes formava um grande bloco de terra chamado Pangeia. Com a separação em várias partes (hoje continentes), os animais migravam, gerando a mistura entre espécies do norte e do sul.

tus gigantes, macrauquênias e toxodontes, se misturou com os animais que vieram da América do Norte, como mastodontes, cavalos, antas, camelos, lobos, ursos e tigres-dentes-de-sabre.

Um dos primeiros grupos vindos do norte foi o dos **Procionídeos**, que inclui os atuais quatis. *Cyonasua* foi um quati de focinho curto, com o tamanho de um cachorro da raça pitbull, que viveu no território onde hoje fica o Acre.

O mais interessante é que a fauna atual de mamíferos que habita os mais diversos biomas do Brasil é também resultado dessa extraordinária mistura.

O QUE É PALEONTOLOGIA?

Para conhecermos os animais extintos que viveram muito tempo atrás, há a paleontologia, **ciência que estuda os fósseis** e outros registros deixados pelos seres vivos do passado. Os pesquisadores que estudam paleontologia são chamados de **paleontólogos**. Existem muitas áreas de pesquisa na paleontologia, por exemplo:

- **Micropaleontologia:** estudo de fósseis microscópicos.
- **Tafonomia:** estudo dos processos de preservação e formação dos fósseis.
- **Paleoecologia:** estudo da ecologia e do clima do passado.
- **Paleontologia de invertebrados:** estudo dos fósseis de animais invertebrados, que não possuem ossos, como os moluscos.
- **Paleobotânica:** estudo dos fósseis de plantas.
- **Paleontologia de vertebrados:** estudo de fósseis de animais vertebrados, aqueles que possuem ossos, desde os peixes até os mamíferos. Cada grupo desses animais recebe um nome específico: o estudo dos mamíferos fósseis é a paleomastozoologia, por exemplo.

Cyonasua é um parente dos quatis e dos mãos-peladas.

Curiosidade ➤ Os nomes dessas áreas de pesquisa são compostos por palavras gregas. "**Paleontologia**" é a junção de três delas: *paleo* (antigo) + *onto* (ser vivo) + *logia* (estudo). Juntas, significam o "estudo de seres antigos".

O QUE FOI A IDADE DO GELO?

O que é um fóssil?

Fósseis são restos ou vestígios preservados de um organismo que já morreu. Para virar um fóssil, ele passa por um dos vários tipos de processos, chamados de **fossilização**.

Mas se tornar um fóssil não é tão simples. Na maioria das vezes, depois que um ser vivo morre, seu corpo apodrece e se decompõe, desaparecendo completamente.

1 As partes moles dos animais, como órgãos internos, se decompõem mais rapidamente. Já as partes mais duras, como ossos, dentes e conchas, resistem por muito mais tempo.

2 Quando estão em contato com o solo, essas partes duras são soterradas por sedimentos, que são partículas bem pequenas de rochas, como a areia. Com o passar do tempo, muitas camadas de sedimentos se acumulam ao redor dos ossos, que começam a se compactar e endurecer, tornando-se uma rocha.

3 Durante essa transformação das camadas de sedimentos em rocha, os ossos que estavam no meio desse sedimento também se transformam.

4 A água, que estava presente no sedimento, penetra nos ossos, carregando minerais. Esses minerais dissolvidos na água substituem os ossos originais, deixando uma cópia exata deles. Isto é o que nós chamamos de fóssil. Esse é o processo mais comum de fossilização.

Curiosidade ➤ A palavra **fóssil** vem do latim e significa "extraído da terra". Além dos fósseis, existem também os vestígios fósseis, chamados **icnofósseis**. São marcas deixadas pelos organismos vivos, como tocas construídas por animais, ovos, ninhos, pegadas e marcas de alimentação. Também são vestígios fósseis as marcas de xixi e cocô. As impressões de urina são chamadas de **urólitos**, e as de fezes, **coprólitos**.

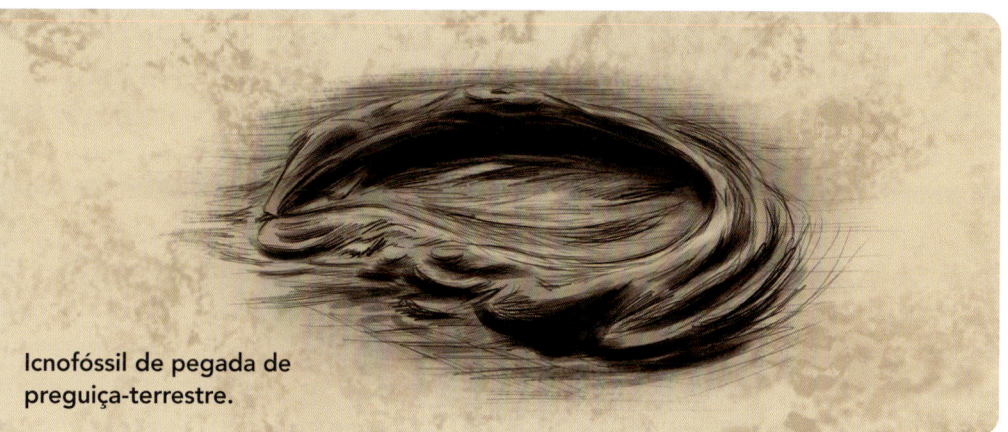

Icnofóssil de pegada de preguiça-terrestre.

Os fósseis, como o do peixe na foto acima, são a prova da existência de animais, plantas e fungos extintos. A maioria dos fósseis pertence a criaturas que viveram muito tempo antes de o homem surgir na Terra.

O QUE FOI A IDADE DO GELO?

Paleontólogos brasileiros

Muitos paleontólogos se dedicaram e ainda se dedicam à pesquisa de mamíferos da Idade do Gelo no Brasil. O primeiro a estudar e descrever esses fantásticos animais brasileiros foi o pesquisador dinamarquês **Peter Wilhelm Lund**, que viveu entre 1801 e 1880. Ele veio ainda jovem para o Brasil, interessado em estudar nossas plantas, mas, quando soube da existência de grandes ossadas de animais extintos, ficou encantado e empenhou o resto de sua vida procurando e pesquisando esses fósseis. Os achados de Lund foram feitos em cavernas nos arredores do município de Lagoa Santa, em Minas Gerais, onde ele viveu até sua morte. Na época, muitas pessoas achavam que aqueles grandes ossos pertenciam a homens gigantes que moravam nas cavernas, mas Lund sabia identificá-los corretamente, e muitos dos animais que estão neste livro foram descobertos e descritos por ele, como o tigre-dentes-de-sabre.

Outro grande pesquisador da megafauna brasileira foi **Carlos de Paula Couto**, gaúcho que viveu entre 1910 e 1982. Ele trabalhava no Museu Nacional, no Rio de Janeiro, onde preparou e montou muitos esqueletos, e foi professor de paleontologia. Couto foi o primeiro a propor leis que preservassem os fósseis e fez diversas expedições pelo Brasil à procura de ossadas de mamíferos. Escreveu muito sobre o assunto e, em 1979, publicou o mais importante livro brasileiro sobre mamíferos fósseis, o *Tratado de paleomastozoologia*.

Atualmente, muitos pesquisadores se dedicam à megafauna brasileira, como o paleontólogo **Castor Cartelle**, curador da coleção de paleontologia da Pontifícia Universidade Católica de Minas Gerais (PUC Minas). O trabalho de Cartelle e de seus colegas traz constantemente novas informações sobre a vida dos animais que viveram em nosso país na Idade do Gelo.

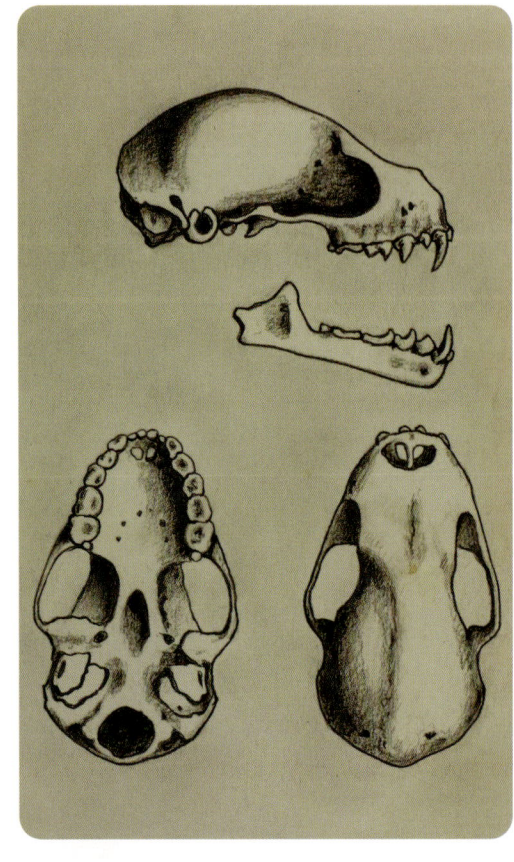

Ilustração do crânio de um morcego estudado por Peter Lund.

Peter Lund foi um dos primeiros naturalistas a pesquisar os fósseis da megafauna brasileira.

Paleontologia X arqueologia

Os paleontólogos estudam os seres vivos do passado. Os arqueólogos também estudam o passado, porém tudo o que está relacionado às pessoas: artefatos humanos e seus restos mortais, vestígios arquitetônicos e outros materiais de civilizações antigas, como a romana, a egípcia e a maia.

As pirâmides do Egito são investigadas até hoje por arqueólogos.

Feras da Ciência

Nascida na cidade de Jaú, interior do estado de São Paulo, em 1933, **Nième Guidon** é uma das mais renomadas arqueólogas brasileiras, conhecida internacionalmente por seu trabalho em busca da origem do homem americano. A espécie humana surgiu há mais ou menos 250 mil anos na África e chegou à Europa e à Ásia por volta de 45 mil anos atrás, durante o auge da Idade do Gelo. No Brasil, fósseis humanos são datados de aproximadamente 11 mil anos, mas Nième Guidon encontrou ferramentas de pedra no Piauí que ela acredita terem sido feitas por humanos há mais de 30 mil anos. As pesquisas de Nième Guidon no Piauí foram essenciais para a formação do Parque Nacional da Serra da Capivara, local que preserva, além da natureza local, um sítio arqueológico, importante patrimônio cultural da humanidade.

O Parque Nacional da Serra da Capivara abriga a maior concentração de arte rupestre do mundo. Nesta imagem, Nième Guidon está na Toca do Veado, um dos 173 sítios arqueológicos do parque abertos à visitação.

GALERIA DOS GIGANTES
PELA PRÓPRIA NATUREZA

Vamos conhecer alguns animais que habitaram o Brasil durante a Idade do Gelo? Nós selecionamos diversas espécies desses incríveis bichos do passado e as comparamos com os animais que ainda existem no país.

Alguns nomes desses gigantes brasileiros são bem conhecidos, enquanto outros causam estranheza. Por que será que os cientistas usam para os animais alguns nomes tão difíceis que, muitas vezes, nós nem conseguimos falar?

Esses nomes estranhos são chamados de **nome científico**. Os pesquisadores dão um nome único para cada espécie, de forma que ele nunca se repita. Assim, não existem confusões, já que o animal tem um nome

exclusivo, usado no mundo todo. Se alguém quiser saber sobre a onça-pintada, por exemplo, é só dizer o seu nome científico, *Panthera onca*.

Já o nome pelo qual o animal é mais conhecido por aí é o **nome popular**, que pode variar a cada região. Por isso, a onça-pintada também pode ser chamada de jaguar, cangaçu, jaguaretê etc.

Os nomes científicos seguem algumas regras. São escritos normalmente em latim, grego ou outras línguas antigas e são destacados em itálico ou sublinhado. Algumas vezes são usadas características físicas da espécie, a região onde ela vive e até mesmo o nome de pessoas, como uma homenagem. Um exemplo é a ararinha-azul, que tem o nome científico *Cyanopsitta spixii*, que significa: *cyano* = "azul" e *psitta* = "papagaio". Já *spixii* é uma homenagem ao naturalista alemão Johann Baptist von Spix (1781-1826).

O nome científico é composto por duas palavras. A primeira é chamada de **gênero**, escrita com inicial em maiúscula, e a segunda, de **espécie**, escrita toda em minúscula na classificação biológica dos seres vivos.

A ararinha-azul é um dos animais mais ameaçados de extinção do mundo. Hoje há projetos de reprodução em cativeiro e soltura na Caatinga, seu bioma original.

Tigre-dentes-de-sabre disputa uma presa com cães-das-cavernas. Na natureza não há desperdício. Animais necrófagos, como os urubus, aguardam para comer os restos da carcaça.

GALERIA DOS GIGANTES...

PREGUIÇAS

Você conhece o bicho-preguiça, também chamado apenas de preguiça? Ele tem um jeito bem simpático e uma boca com formato que dá a impressão de que está sempre sorrindo. É um dos bichos mais lentos do mundo, por isso ganhou esse nome!

Estão classificados em um grupo chamado de **Xenartra**, junto com tamanduás e tatus. Atualmente, há seis espécies de bichos-preguiça, divididas em dois grupos: as que têm três dedos nas mãos e as que têm só dois. Podem alcançar de sessenta a oitenta centímetros de comprimento e, dependendo da espécie, pesar de 3,5 a 8,5 quilos.

As preguiças são mamíferos **arborícolas** e só descem ao chão para se deslocar de uma árvore para outra quando os galhos não estão próximos. Suas pernas e braços não são especializados em caminhar; para se deslocarem no chão, se arrastam lentamente, parecendo estar com preguiça.

São muito adaptadas a viver no alto das árvores. Lá, elas comem, dormem e as fêmeas até dão à luz agarradas aos galhos! Seus braços, pernas e unhas curvadas são muito fortes, tanto que já foram registradas preguiças penduradas em galhos mesmo após sua morte.

Socorro! O que é isso?

Arborícola é o nome usado para os animais que vivem praticamente a vida toda no alto das árvores, como muitas espécies de macacos, aves, alguns répteis e anfíbios.

Preguiças do passado

Há milhares de anos, existiam muitas espécies de preguiças, chamadas de preguiças-gigantes. Algumas eram enormes, podendo chegar a seis metros de comprimento e pesar cerca de quatro toneladas, mas havia também

A preguiça-de-dois-dedos vive principalmente na Floresta Amazônica. Além de ter dois dedos, seu focinho é mais longo do que o das demais preguiças. Ela é um parente vivo de algumas preguiças-terrestres do passado.

A preguiça-de-três-dedos vive principalmente na Mata Atlântica, tem três dedos e sua pelagem é esverdeada por causa do crescimento de algas.

espécies menores e bem mais leves. Por isso, o correto é chamarmos esses animais de **preguiças-terrestres** ou preguiças-terrícolas, já que, diferentemente das atuais, viviam no chão. Elas desapareceram do Brasil há 10 mil anos, mas muitos de seus fósseis, como crânios, dentes e outros ossos, foram encontrados em diversos estados do país.

Um sorriso diferente

Assim como os bichos-preguiça de hoje, as preguiças do passado também eram vegetarianas, mas não tinham o formato da boca como o das atuais. As preguiças-terrestres tinham lábios grossos e a língua bem comprida. Isso as ajudava bastante a apanhar as folhas e os brotos das árvores, que eram seu principal alimento.

Analisando os cocôs

Para saber o que os animais extintos comiam, os pesquisadores analisam as fezes antigas fossilizadas, os

coprólitos. Essa palavra diferente tem origem grega: *kopros* (excremento) e *líthos* (pedra). Com o passar do tempo, as fezes podem ficar bem duras, parecendo pedras. Esse processo é chamado de **mineralização**.

Analisando esses cocôs pré-históricos, é possível saber como eram a paisagem, as árvores, a grama e outras plantas da região. Também dá para descobrir os parasitas e outros bichinhos que poderiam viver no organismo das preguiças-terrestres.

Caça e caçador

As preguiças-terrestres tinham longas garras usadas para alimentação e defesa contra tigres-dentes-de-sabre e os homens pré-históricos, por exemplo.

Elas se apoiavam nas patas traseiras e, com as garras das patas dianteiras, espantavam ou machucavam qualquer um que se aproximasse para atacá-las. Seus parentes de hoje, os tamanduás, também usam essa mesma posição para se defender.

Vestígios e marcas nos fósseis mostram que muitas preguiças foram caçadas pelos homens pré-históricos. Mas, para abater um animal poderoso como esse com armas primitivas, eles tinham que se aproximar com flechas e lanças. Não era fácil sobreviver naquela época!

As grandes espécies de preguiças-terrestres praticamente não tinham predadores. As menores, como o notrotério, eram caçadas por muitos animais carnívoros, como o tigre-dentes-de-sabre.

GALERIA DOS GIGANTES...

PREGUIÇA-GIGANTE

A maioria das preguiças-terrestres da megafauna era grande, mas algumas eram gigantescas, como o **megatério** (*Megatherium americanum*), também conhecido como **preguiça-gigante**. Ele tinha o tamanho de um elefante-africano, media mais de cinco metros de comprimento e pesava cerca de 3,8 mil quilos.

Era um animal que tinha uma cabeça robusta, focinho curto e estreito, corpo volumoso, quadril bem largo e patas da frente maiores que as de trás. Suas mãos eram armadas com garras muito grandes, usadas para arrancar cascas de árvores e baixar os galhos altos em busca de folhas. As garras também eram usadas para se defender de predadores. Era herbívoro e podia comer até duzentos quilos de folhas por dia. Alguns paleontólogos acreditam que o megatério também se alimentava de animais mortos.

As preguiças-gigantes caminhavam lentamente apoiadas nas quatro patas na maior parte do tempo, mas podiam também se erguer nas patas traseiras e, apoiadas na cauda, ficar de pé. Na pata traseira, a maioria dos dedos era atrofiada, mas o do meio era maior e possuía uma grande e forte garra que as ajudava a manter o equilíbrio quando se erguiam em busca de folhas nas copas das árvores ou para se defender.

As preguiças-gigantes viveram em regiões mais frias da América do Sul, como Argentina, Uruguai e no estado do Rio Grande do Sul, no Brasil, onde manadas desses magníficos animais percorriam os pampas.

Curiosidade ➤ O **megatério** foi a primeira espécie conhecida e descrita da megafauna sul-americana. Os primeiros fósseis desse animal foram encontrados em 1787, na Argentina. As grandes ossadas foram enviadas para a Espanha e estudadas pelo naturalista francês Georges Cuvier. Na época, não se sabia direito sobre extinções, e o rei Carlos III da Espanha ficou tão impressionado com aqueles ossos que pediu aos súditos da colônia sul-americana que enviassem para a Espanha um megatério vivo ou empalhado. Mas é claro que o rei morreu sem nunca ver seu estimado megatério vivo.

PREGUIÇA-GIGANTE
Megatherium americanum

- Herbívoro
- 3.800 kg
- 6 m
- 20 km/h
- 4,5 m (em pé)
- 60 anos

Feras da Ciência

O barão **Georges Cuvier**, nascido na França, em 1769, foi um dos primeiros naturalistas a estudar os fósseis como um detetive. Hoje, nós sabemos que algumas das ideias de Cuvier sobre a natureza, a evolução e o homem estavam erradas, mas, ainda assim, sua pesquisa sobre fósseis comprovou que as espécies podiam desaparecer para sempre, em um processo chamado extinção. Parece loucura, mas, antes dos trabalhos de Cuvier, a extinção das espécies não era levada a sério.

Cuvier também passou a comparar a anatomia dos organismos atuais à de animais fósseis e, com isso, foi um dos primeiros a montar esqueletos de seres extintos de maneira correta. Muitos fósseis são encontrados incompletos, mas, comparando-os com esqueletos de animais atuais, é possível ter uma ideia de como era a cara do bicho. Até ossos isolados podem nos contar alguma coisa sobre seu dono. Por exemplo: dentes cortantes e afiados normalmente pertencem a carnívoros. Assim, mesmo que encontremos apenas um dente fóssil, podemos dizer qual era o tipo de alimentação daquele animal.

O estudo da anatomia comparada, criado por Cuvier, é fundamental para entendermos os animais do passado. Por essas contribuições, ele é conhecido como "**o pai da paleontologia**". Cuvier morreu em 1832.

Pegadinha ➤ Conta a história que, certa vez, os alunos de Cuvier tentaram lhe dar um grande susto. Enquanto ele dormia, um dos estudantes se fantasiou de diabo, colocando chifres de carneiro na cabeça e calçando cascos de boi nos pés. Sem fazer barulho, o aluno entrou no quarto do professor e, quando chegou pertinho da cama, gritou: "Cuvier, sou o diabo, vim lhe devorar!". Cuvier acordou, analisou aquela estranha figura dos pés à cabeça e respondeu: "Não, você tem chifres e cascos, isso é coisa de herbívoro, então não pode me devorar", virou para o lado e voltou a dormir. Isso prova que ele realmente confiava em sua anatomia comparada.

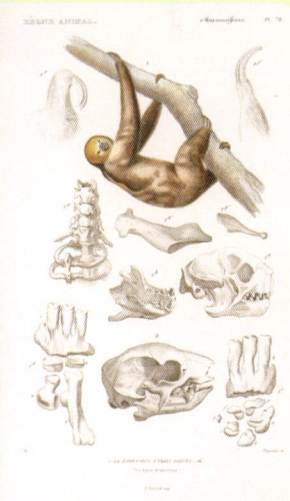

Cuvier estudou a anatomia dos animais atuais como referência para tentar recriar o aspecto dos bichos extintos.

PREGUIÇA-PAN-AMERICANA

Outra gigantesca preguiça-terrestre foi o **eremotério** (*Eremotherium laurillardi*), que viveu em regiões de clima mais quente. Seus fósseis foram encontrados na América do Sul, na América Central e em parte da América do Norte. Por isso, é conhecido popularmente como preguiça-pan-americana, ou seja, que viveu em todas as Américas.

O eremotério podia chegar a seis metros de comprimento e caminhava sobre as quatro patas, se apoiando nas costas das mãos, como faz o atual tamanduá-bandeira. Podia também ficar de pé para se alimentar. Era herbívoro e tinha braços longos e fortes, com garras compridas e afiadas. Diferentemente do megatério, o eremotério tinha o corpo mais alongado, a cabeça menor e mais delicada, além de preferir habitar lugares mais quentes.

PREGUIÇA-PAN-AMERICANA
Eremotherium laurillardi

- Herbívoro
- 3.000 kg
- 6 m
- 25 km/h
- 4,5 m (em pé)
- 60 anos

Peladão

A maioria das preguiças-terrestres tinha o corpo coberto por pelos. Na Argentina, foi encontrado um pedaço de couro seco de uma preguiça chamada *Mylodon* que comprova isso. Mas, como o eremotério era muito grande e vivia em regiões mais quentes, como no Norte e no Nordeste do Brasil, toda aquela pelagem poderia deixar o bicho com muito calor. Para manter o corpo fresquinho, a preguiça-pan-americana provavelmente teria um pelo baixo e ralo, ou talvez fosse "**pelada**", como os rinocerontes africanos atuais.

Você sabia? ➢ Os mamíferos têm dois conjuntos de **dentes**: quando filhotes, têm os dentes de leite, que caem conforme o animal cresce e são substituídos pelos dentes permanentes. As preguiças não têm dentes de leite, ou seja, têm a mesma dentição a vida toda. Além disso, seus dentes não têm esmalte, uma espécie de verniz natural que protege e dá brilho.

As preguiças-pan-americanas habitaram a Caatinga e o Cerrado e conviveram com plantas e animais que até hoje vivem nesses biomas, como tamanduás-bandeira e corujas-buraqueiras.

CATONIX

Se voltássemos no tempo e pudéssemos caminhar nas extensas áreas de Cerrado e cerradão brasileiros, encontraríamos pequenos grupos de preguiças-terrestres bem diferentes: as **catonix** (*Catonyx cuvieri*). Ao contrário das outras preguiças, esta tinha a cabeça e o corpo alongados, as pernas e braços curtos, e passavam quase toda a vida apoiadas nas quatro patas em busca de folhas de árvores baixas, arbustos e suculentas ervas rasteiras, que arrancavam do solo com seus lábios grossos.

Nas mãos, possuía cinco dedos, dentre os quais o polegar, o indicador e o médio tinham garras poderosas. Nos pés, havia uma única garra. Sua medida, do focinho até a ponta da cauda, chegava a até quatro metros, e seu peso ultrapassava uma tonelada.

Casa mineira

No norte de Minas Gerais, foram encontrados grandes buracos escavados em barrancos com marcas de garras e pelos. Paleontólogos acreditam que eles foram feitos por preguiças, provavelmente por catonix. Isso indica que elas viviam em bandos e usavam as garras para cavar tocas, onde se aqueciam juntinhas nas frias noites do Cerrado ou se refrescavam do forte calor do meio-dia. A catonix foi um dos animais da megafauna brasileira com maior dispersão geográfica, ou seja, vivia em muitas regiões. Seus fósseis foram encontrados nas regiões Sul, Sudeste, Centro-Oeste e Nordeste do Brasil.

CATONIX
Catonyx cuvieri

- Herbívoro
- 1.700 kg
- 4 m
- 20 km/h
- 2,7 m (em pé)
- 55 anos

AITÉRIO

De todas as preguiças-terrestres brasileiras, a mais curiosa é o **aitério** (*Ahytherium aureum*). Com cerca de três metros de comprimento, ele tinha um focinho curto e alto, com longos e afiados dentes caninos. A cauda, larga e achatada, podia ser usada para natação. Um esqueleto completo dessa preguiça foi encontrado em uma belíssima gruta chamada Poço Azul, na Chapada Diamantina, na Bahia.

O aitério fazia parte de um grupo de preguiças-terrestres chamado de **Megaloniquídeos**. Aparentemente ele preferia morar em ambientes mais úmidos, como bosques. Há 11 mil anos, o aitério convivia com outras espécies de Megaloniquídeos que habitavam todo o continente americano.

Parente atual

Até pouco tempo atrás, pensava-se que a atual preguiça-de-dois-dedos pertencia ao grupo dos Megaloniquídeos e seria, assim, um parente vivo do aitério. Mas, recentemente, as preguiças foram reclassificadas, e hoje o aitério é considerado um parente distante da preguiça-de-três-dedos.

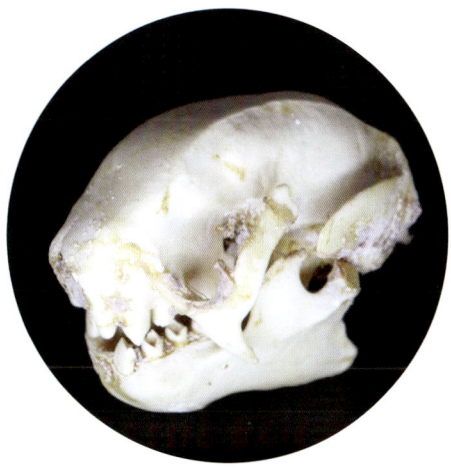

Crânio da preguiça-de-três-dedos, uma parente atual do aitério.

AITÉRIO
Ahytherium aureum

- Herbívoro
- 3 m
- 1,7 m (em pé)
- 700 kg
- 25 km/h
- 50 anos

GALERIA DOS GIGANTES...

NOTROTÉRIO

O **notrotério** (*Notrotherium maquinensis*) foi um animal lento e aparentado da preguiça-gigante (megatério). Mas, ao contrário dela, o notrotério era bem menor, com o tamanho parecido ao de uma ovelha. Seus fósseis foram encontrados em 1839, pelo naturalista Peter Lund, na gruta Maquiné, em Minas Gerais.

Os dentes do notrotério eram iguais aos da atual preguiça-de-três-dedos, prova de que as duas têm dietas parecidas. As garras eram estreitas e, as patas traseiras, torcidas e voltadas para dentro, também semelhantes às das preguiças arborícolas atuais. Tudo isso indica que essa preguiça podia subir em árvores à procura de folhas para se alimentar. Mas alguns paleontólogos a consideram uma preguiça-terrestre, devido ao seu parentesco com o megatério, ao seu tamanho (que varia entre um metro e 1,5 metro) e ao fato de seus fósseis terem sido encontrados em cavernas.

Os bichos-preguiça atuais são pequenos e não pesam mais que dez quilos. Em vida, o notrotério teria cerca de cem quilos, o que poderia dificultar muito o estilo de vida arborícola. Porém, devemos lembrar que o maior macaco arborícola atual é o orangotango, com machos que chegam a cem quilos e vivem tranquilamente no alto das árvores. Com isso, a dúvida paira no ar: o notrotério foi a maior preguiça arborícola conhecida ou a menor preguiça-terrestre que já existiu?

Curiosidade ➤ Apesar de as preguiças parecerem calmas e pouco aventureiras, ao longo de sua evolução elas ocuparam ambientes muito diferentes. Além das que vivem em árvores atualmente, no passado havia preguiças-terrestres de vários tamanhos e, também, **preguiças-marinhas**. Isso mesmo! No Peru e no Chile, viveu uma preguiça chamada *Thalassocnus* que habitava as praias com pouca vegetação. Para se alimentar, ela mergulhava em busca de algas marinhas, sua principal fonte de alimentação.

NOTROTÉRIO
Notrotherium maquinensis

- Herbívoro
- 100 kg
- 1,5 m
- 20 km/h
- 1 m (em pé)
- 50 anos

TATUS

Os **tatus** são primos dos tamanduás e das preguiças. Vivem só no continente americano e surgiram na América do Sul entre 60 milhões e 80 milhões de anos atrás.

Hoje há 24 espécies de tatus, dentre as quais dez vivem aqui no Brasil: duas espécies diferentes de tatus-bola, o tatu-peba, o tatu-mulita, o tatu-de-rabo-mole-pequeno, o tatu-de-rabo-mole-grande, o tatuí, o tatu-de-quinze-quilos, o tatu-galinha e o tatu-canastra.

Alguns vivem em áreas mais abertas em diversas regiões do país, como nos biomas do Pampa e do Cerrado. Outros vivem em áreas mais secas, como nas de Caatinga, e até em regiões mais úmidas, como o Pantanal, a Mata Atlântica e a Amazônia.

Os tatus são animais **onívoros**, ou seja, comem vegetais e animais. Gostam muito de insetos, minhocas e outros bichinhos que encontram na terra. Também adoram frutas e raízes.

São **mamíferos** bem diferentes, já que possuem uma carapaça forte e resistente formada por **osteodermos** que funcionam como um escudo, protegendo-os de espinhos, pedras e galhos que podem feri-los e contra o ataque de predadores, como cachorros-do-mato e jaguatiricas. Suas unhas grandes e fortes servem para escavar cupinzeiros e formigueiros e para construir tocas. O maior tatu que existe hoje é o tatu-canastra, que chega a 1,5 metro de comprimento e pesa até sessenta quilos.

Socorro! O que é isso?

Osteodermos são placas ósseas bem duras que formavam a estrutura da carapaça dos gliptodontes, estando presentes também em outros animais. Essa palavra tem origem grega e é formada por: *osteo* (dura) e *derma* (pele).

Tatu-canastra, um gigante entre os tatus atuais.

Crânio de um tatu-peba.

GALERIA DOS GIGANTES...

Tatus gigantes

Se você acha o tatu-canastra enorme, imagine só os tatus da Pré-História. Diversos fósseis foram encontrados em muitas regiões do Brasil e algumas espécies podiam chegar a três metros de comprimento e pesar cem quilos. Os tatus gigantes do passado eram divididos em dois grupos: o dos **Pampatérios** e o dos **Gliptodontes**.

Unhas impressionantes

A unha do dedo do meio do tatu-canastra chega a ter vinte centímetros. Com sua força e suas garras, ele é capaz de cavar grandes buracos no solo. As unhas dos antigos tatus eram ainda maiores, e eles escavavam muito bem!

Cidade subterrânea

Tatus, corujas-buraqueiras, pacas, coelhos e outros animais cavam tocas para morar e criar seus filhotes. As tocas antigas, cavadas por animais extintos, são chamadas **paleotocas**. Quando são encontradas preenchidas por areia ou argila, geralmente levadas para lá pela chuva, recebem o nome de **crotovinas**.

Muitas tocas escavadas por antigos tatus e preguiças-terrestres foram encontradas no Brasil – algumas com túneis de até cem metros de comprimento. Esses túneis às vezes se dividiam e levavam a grandes salões, com até quatro metros de altura. Nesses locais, os animais dormiam e tinham seus filhotes.

Boa vizinhança

Muitas tocas cavadas pelos tatus-canastra e os montes de terra acumulados ao lado desses buracos são usados por mais de 25 animais diferentes, como o tamanduá-mirim, a cotia, a irara, a jaguatirica, o cachorro-do-mato e tatus menores. As tocas servem como abrigo para os animais descansarem e para se refugiarem do calor.

As enormes paleotocas dos tatus do passado provavelmente também eram usadas por diversos animais da época.

Você sabia? ➤ A palavra "**tatu**" tem origem indígena e o significado é: *ta* (casca, couraça) e *tu* (encorpado, denso), ou seja, "casco encorpado".

Paleotoca.

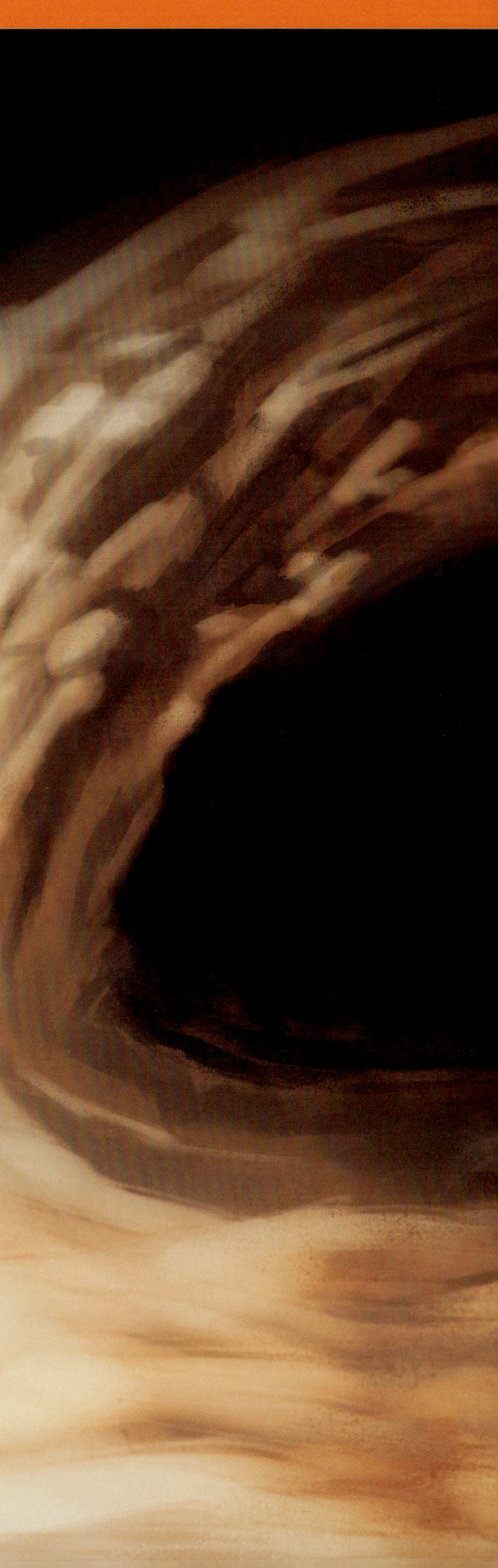

Além dos tatus, as preguiças também cavavam buracos. Na imagem podemos observar uma família de catonix descansando em segurança dentro de sua paleotoca. Muitas vezes as paredes das tocas ficavam polidas pelo contato constante com os pelos desses animais.

GALERIA DOS GIGANTES...

PAMPATÉRIO

Os **pampatérios** eram muito semelhantes aos tatus, mas bem maiores, com mais de dois metros de comprimento e cerca de cem quilos. Tinham um casco mais ou menos flexível, dividido em três ou quatro cintas, e garras fortes, ideais para cavar grandes tocas. A cabeça era protegida por um capacete ósseo e o focinho era comprido e estreito, com dentes frágeis, usados para mastigar vegetais, sua principal alimentação.

"Pampatério" significa "animal dos pampas", mas nem todos viviam lá. No Brasil, havia ao menos duas espécies: o *Pampatherium typum*, que de fato habitava os pampas gaúchos, o Uruguai e a Argentina, e o *Pampatherium humboldtii*, que viveu no Cerrado, principalmente em Minas Gerais e em parte do Nordeste.

Recentemente, furinhos de um inseto no casco do pampatério *Holmesina cryptae*, que vivia na Bahia, foram descobertos. Curiosamente, esse grupo de insetos existe até hoje, parasita cães, porcos e humanos e é conhecido popularmente como bicho-de-pé.

Um tatuzão diferente

O pampatério era muito parecido com o tatu-canastra, e qualquer um diria que são parentes, mas detalhes da anatomia da região do ouvido e a maneira como ele mastigava provaram que, na verdade, era parente mais próximo de um grupo de tatus muito diferente dos atuais, os gliptodontes.

Curiosidade ➤ As chamadas **cintas** dos tatus e dos pampatérios não eram como as que usamos para segurar as calças. Cintas são as fileiras de placas localizadas nas carapaças desses animais. Elas ficam nos locais onde a carapaça é flexível, assim, o animal tem mais mobilidade para se locomover, cavar o solo e se defender.

PAMPATÉRIO
Pampatherium humboldtii

- Herbívoro
- 130 kg
- 2 m
- 25 km/h
- 0,8 m (cernelha)
- 20 anos

36

GLIPTODONTE

Os maiores e mais interessantes parentes dos tatus que já existiram foram os **gliptodontes**. Eles eram herbívoros tranquilos que tinham o corpo encoberto por um casco forte e arredondado de até dois centímetros de espessura. O crânio era curto e alto. Seus dentes eram resistentes e cresciam sem parar, mas se desgastavam com a mastigação, assim como acontece com os roedores de hoje, por exemplo as capivaras.

Os gliptodontes passavam a vida pastando, comendo arbustos e capim. De longe, lembravam as carrocerias de automóveis, como o Fusca, abandonadas no mato. Eles formavam uma família com espécies de diferentes tamanhos. Alguns chegavam a medir mais de quatro metros de comprimento e a pesar mais de 1,5 mil quilos. Diferentemente dos tatus modernos, a carapaça dos gliptodontes não tinha cintas e era rígida, como a das tartarugas.

Curiosidade ➤ Os **gliptodontes** viveram até cerca de 7.500 anos atrás e conviveram com os homens nativos americanos. Em 1881, foi descoberto na Argentina um pedaço de carapaça de gliptodonte colocado cuidadosamente em cima de um esqueleto humano. Isso pode ter sido parte de algum ritual e mostra como eram próximas as relações entre os animais da megafauna e as primeiras populações humanas.

Os dedícuros foram gliptodontes que viveram nos campos abertos dos pampas. Na ilustração, dois machos combatem por fêmeas e por território.

GALERIA DOS GIGANTES...

Uma armadura poderosa

Todos os gliptodontes tinham um capacete de osso que protegia o topo da cabeça. A cauda começava dentro de grandes anéis de ossos, que lhe davam movimento, e terminava encoberta por um tubo, também feito de osso. Algumas espécies, como o *Doedicurus*, tinham fortes espinhos na ponta da cauda, que mais parecia uma clava medieval. O rabo desse bicho era usado em combates entre machos e para se defender de predadores.

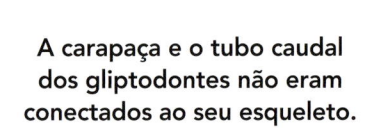

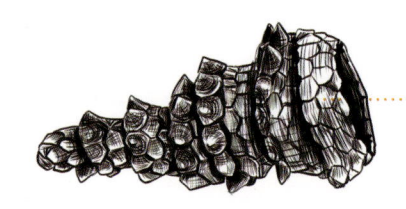

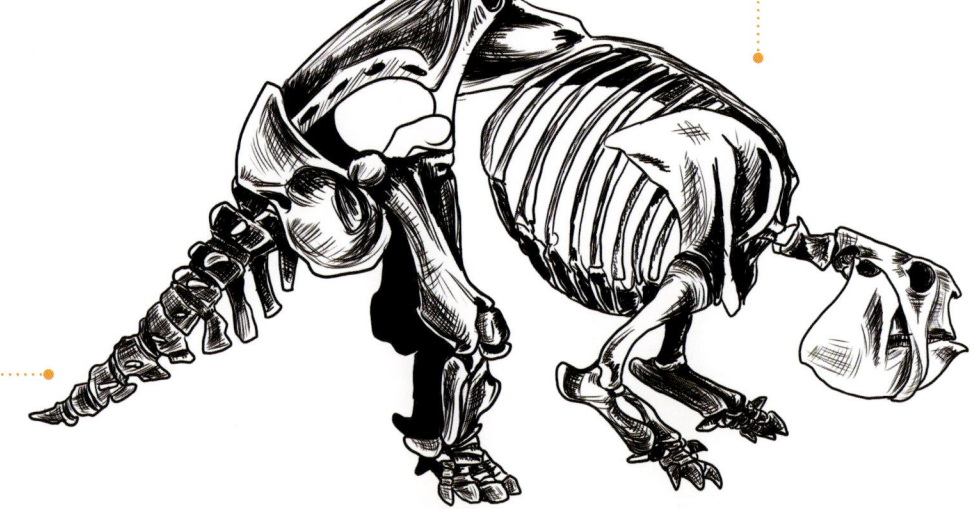

A carapaça e o tubo caudal dos gliptodontes não eram conectados ao seu esqueleto.

Ilustração do século XIX de um megatério.

Você sabia? ➤ Os primeiros pedaços de carapaças de **gliptodontes** foram encontrados na Argentina, próximos aos ossos de um **megatério**. Isso fez os antigos naturalistas pensarem que as preguiças-gigantes eram encobertas por essas carapaças. A confusão só acabou quando o anatomista Georges Cuvier percebeu o erro e demonstrou que aqueles fósseis pertenciam, na verdade, a dois animais diferentes.

DEDÍCURO

O **dedícuro** (*Doedicurus clavicaudatus*) foi um dos maiores gliptodontes que existiu, podendo pesar mais de 1,5 mil quilos. Sua cabeça era achatada e as narinas eram muito grandes. Como todos os gliptodontes, o dedícuro não tinha dentes na frente da boca. Ele usava seus fortes lábios para arrancar as folhas e os ramos dos quais se alimentava.

A carapaça era mais alta na parte da frente, dando-lhe uma aparência "corcunda". Na cauda, ele tinha seis anéis e um tubo de mais de um metro, que terminava parecendo um porrete com poderosos espinhos afiados. As placas que formavam a sua carapaça eram cheias de furinhos, por onde saíam os pelos duros como cerdas.

Esse tatu gigante gostava de viver nas campinas frescas e úmidas dos pampas. Seus fósseis foram encontrados no Paraguai, no Uruguai, na Argentina e no Sul do Brasil.

Esqueleto de dedícuro.

DEDÍCURO
Doedicurus clavicaudatus

- Herbívoro
- 1.500 kg
- 4 m
- 25 km/h
- 1,5 m (cernelha)
- 40 anos

GALERIA DOS GIGANTES...

OPLOFÓRUS

Outro grande gliptodonte foi o **oplofórus** (*Hoplophorus euphractus*), que viveu no Brasil e na Bolívia. Esse tatuzão era parecido com o dedícuro, mas tinha uma cabeça mais longa e estreita e um casco mais fino. Na ponta da cauda, havia dois pares de espinhos, usados para defesa.

O oplofórus foi o primeiro gliptodonte a ser nomeado. Ele foi batizado pelo naturalista Peter Lund, que encontrou as ossadas no Vale do Rio das Velhas, em Minas Gerais. Na época, essa região era isolada, e Lund escrevia seus achados apenas em dinamarquês, um idioma pouco conhecido naqueles tempos, fazendo com que sua descoberta passasse despercebida.

OPLOFÓRUS
Hoplophorus euphractus

- Herbívoro
- 1.200 kg
- 3,8 m
- 25 km/h
- 1,3 m (cernelha)
- 40 anos

40

GLIPTODON

Entre 1838 e 1839, mais ou menos na mesma época em que Lund encontrou o oplofórus, o anatomista inglês Richard Owen descreveu o **gliptodon** (*Glyptodon clavipes*). Essa descoberta, sim, ficou famosa, e o gliptodon acabou emprestando seu nome a esse extraordinário grupo (Gliptodontes) de tatus.

O gliptodon é o mais conhecido dos Gliptodontes e viveu na maior parte da América do Sul, estando presente em quase todas as regiões do Brasil. Ele tinha uma carapaça arredondada composta por mais de 1,5 mil osteodermos, e sua cauda ficava dentro de anéis móveis, cheios de espinhos, que diminuíam de tamanho até chegar à ponta do rabo. Diferentemente dos outros Gliptodontes, essa espécie não tinha porrete ou grandes espinhos no final da cauda. O gliptodon media mais de 3,5 metros e podia pesar até duas toneladas.

Dentes especiais
Os dentes desse animal eram muito bonitos e estranhos. Cada dente do gliptodon tinha três colunas, que os deixavam muito fortes e perfeitos para mastigar vegetais. Essa característica acabou servindo de inspiração para dar nome ao bicho, pois *glyptodon* significa "dente esculpido" em grego.

GLIPTODON
Glyptodon clavipes

- Herbívoro
- 3,5 m
- 1,3 m (cernelha)
- 2.000 kg
- 30 km/h
- 40 anos

GALERIA DOS GIGANTES...

ROEDORES

O Brasil tem aproximadamente 260 espécies de roedores, que vivem em muitas regiões diferentes. Algumas das mais conhecidas são o rato-do-mato, o serelepe (também chamado de caxinguelê ou esquilo), o mocó, o ouriço-cacheiro (mais conhecido como porco-espinho), a preá, a cutia, a paca e a capivara.

A **capivara** é o maior roedor do Brasil e do mundo. Os machos adultos podem medir 1,2 metro de comprimento, sessenta centímetros de altura e pesar até noventa quilos. Gosta de comer capim e raízes. É um animal bastante comum e pode ser visto até mesmo em grandes cidades brasileiras, como São Paulo, Belo Horizonte e Rio de Janeiro.

Todos os roedores têm os dentes incisivos bem grandes e poderosos, para poder cortar alimentos muito duros e para se defender.

Você sabia? Os **dentes incisivos** ficam posicionados na frente da boca, no maxilar superior e inferior. Nós também temos esses dentes, mas nos roedores (como na paca, abaixo) eles são enormes e crescem sem parar. Para desgastá-los, eles roem sementes e raízes duras.

Capivara com filhotes. Mesmo sendo um animal herbívoro, a capivara se defende muito bem, dando mordidas poderosas em seus predadores.

CAPIVARA-GIGANTE

O grupo dos roedores está presente no Brasil há mais de 33 milhões de anos e, durante a Idade do Gelo, foi representado por ratos, preás, porcos-espinhos, pacas, ratões-do-banhado e capivaras.

O maior roedor da megafauna foi a **capivara-gigante** (*Neochoerus sulcidens*), parente da capivara atual, mas com o dobro de seu tamanho. Ela viveu em áreas abertas e alagadas de Minas Gerais, Bahia e Acre e talvez formasse grupos, como as capivaras atuais. Seus dentes incisivos eram grandes e fortes, com as pontas afiadas, ideais para cortar vegetais.

Um enorme roedor

A capivara-gigante pesava em torno de 120 quilos, mas alguns machos podiam chegar a 170 quilos e medir cerca de um metro até a cernelha.

Provavelmente, as capivaras-gigantes viviam perto dos rios e lagos, como as capivaras atuais. Entretanto, seus dentes indicam que ela preferia se alimentar em lugares mais secos, como as grandes áreas de pastagem em campos abertos. No final da Idade do Gelo, essas áreas diminuíram, o que pode ter causado a extinção da espécie.

CAPIVARA-GIGANTE
Neochoerus sulcidens

- Herbívoro
- 2 m
- 1 m (cernelha)
- 170 kg
- 30 km/h
- 15 anos

GALERIA DOS GIGANTES...

TIGRES-DENTES-DE-SABRE

Os **tigres-dentes-de-sabre** eram carnívoros grandes e fortes e foram alguns dos maiores caçadores do passado. Esse grupo de animais surgiu há 20 milhões de anos na África, se espalhou por diversos lugares do mundo e se extinguiu há aproximadamente 10 mil anos, no final de um período geológico chamado **Pleistoceno**.

Existiram diversas espécies de tigres-dentes-de-sabre. Os mais conhecidos e os últimos a desaparecer foram os do gênero *Smilodon*, que foi descrito pela primeira vez pelo naturalista Peter Lund, em 1842, depois que ele encontrou fósseis nas cavernas do município de Lagoa Santa, em Minas Gerais. Porém, há registros desse gênero também no Ceará, Paraíba, Sergipe, Bahia, Distrito Federal e Mato Grosso do Sul.

A maior de todas as espécies de tigre-dentes-de-sabre que existiu foi a *Smilodon populator*, que podia atingir até 350 quilos e 1,20 metro de altura até a cernelha.

Quem são meus primos?

Apesar do nome "tigre", os dentes-de-sabre não são parentes próximos dos tigres atuais, que pertencem ao gênero *Panthera*. Eles também não são parentes das outras espécies de felinos que existem hoje em dia, como leões, leopardos e onças-pintadas. Todas as espécies de dentes-de-sabre se extinguiram, não deixando parentes vivos.

Por que "sabre"?

Sabre é o nome de uma faca ou espada curva. Os dentes caninos da parte de cima da boca desse animal tinham um formato parecido: eram achatados e pontiagudos e chegavam a medir até 25 centímetros de comprimento.

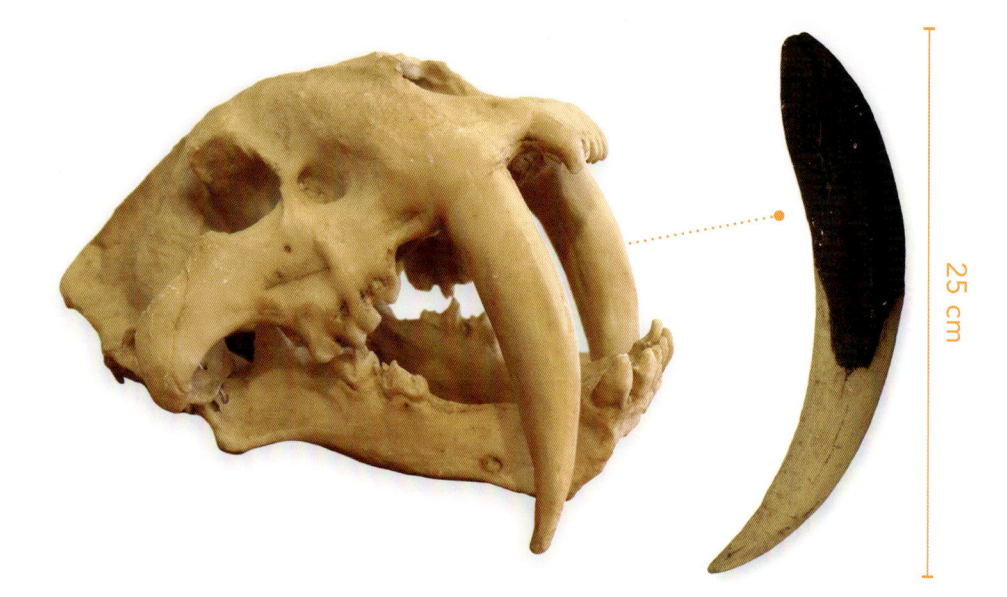

Curiosidade ➤ Os tigres-dentes-de-sabre tinham uma **mordida** mais fraca que a de um leão. Seus enormes dentes podiam se quebrar durante uma caçada, então eles desenvolveram uma forma muito diferente de abater suas presas: tinham patas bem fortes e podiam abrir muito a boca.

Os paleontólogos acreditam que o tigre-dentes-de-sabre usava sua enorme força para segurar os animais que caçava, depois usava os grandes dentes para abater a presa.

A **abertura da mandíbula** dos tigres-dentes-de-sabre (acima) era muito maior que a de outros carnívoros, como a onça-pintada (abaixo).

25 cm

Você sabia? ➤ Os **dentes caninos** são aqueles pontudos em alguns animais mamíferos. Ficam entre os incisivos e os pré-molares e muitas vezes são chamados de presas. Eles são usados para morder, perfurar, se exibir e, em carnívoros, principalmente para abater os animais caçados.

TIGRE-DENTES-DE-SABRE
Smilodon populator

- Carnívoro
- 350 kg
- 2,2 m
- 50 km/h
- 1,2 m (cernelha)
- 10 anos

GALERIA DOS GIGANTES...

Salve-se quem puder!

O tigre-dentes-de-sabre viveu na mesma época que os homens pré-históricos. Pesquisadores estudaram fósseis desse animal encontrados em Lagoa Santa, Minas Gerais, e concluíram que a espécie desapareceu da região há 8 mil anos. O fóssil de uma mulher pré-histórica encontrada na mesma região e chamada de **Luzia** pelos pesquisadores tinha pelo menos 11 mil anos. Então, humanos e tigres-dentes-de-sabre conviveram no Brasil. E, provavelmente, muitos homens foram caçados por esses poderosos animais.

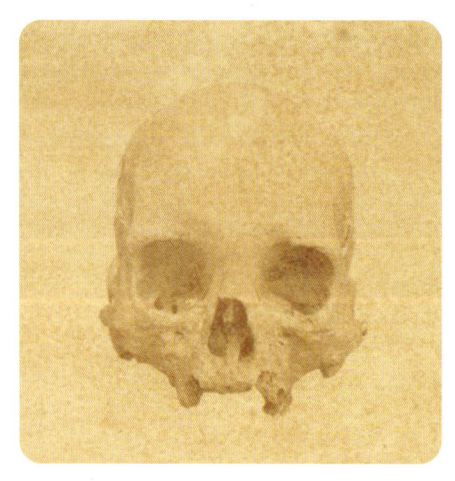

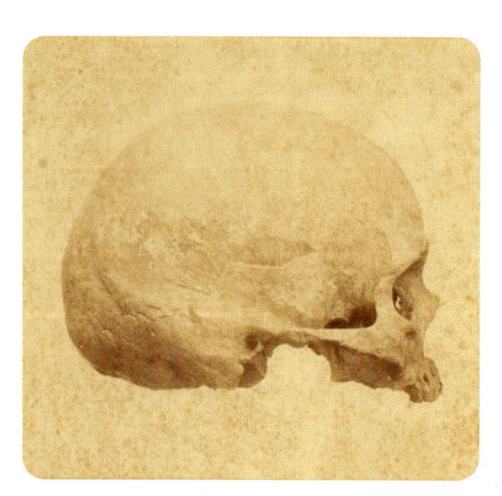

Crânio humano encontrado em Minas Gerais, na mesma região onde foram encontrados os restos de Luzia.

Curiosidade ➤ O maior felino do Brasil é a **onça-pintada** (*Panthera onca*). Ela é menor que o tigre-dentes-de-sabre, mas, ainda assim, é um animal imponente que existe há muito tempo e que chegou a viver com os animais extintos da megafauna.

As maiores onças-pintadas do mundo vivem no Pantanal. Seu peso pode variar bastante: foram registrados animais pesando 158 quilos. Sua mordida é muito forte e potente, podendo perfurar cascos de tartaruga e couro de jacaré. Suas pintas são chamadas de rosetas e têm padrões únicos em cada animal, assim como as digitais dos nossos dedos. São felinos muito ágeis e ótimos nadadores e escaladores de árvores.

Há várias lendas sobre as onças. Uma delas diz que a onça-pintada é guardiã da floresta e da morte. Ela transforma a floresta tropical, representando a vida e a morte.

URSOS

Os **ursos** estão entre os animais mais conhecidos. Isso se deve a uma relação de carinho das crianças, estabelecida a partir da difusão de histórias infantis e da comercialização de bichos de pelúcia no mundo todo.

Atualmente, existem oito espécies de ursos: urso-de-óculos, urso-beiçudo, urso-do-sol, urso-preto-americano, urso-pardo, urso-polar, urso-preto-asiático e urso panda. A maioria delas vive no hemisfério Norte, no Alasca, no Canadá, em partes da Europa e em muitas regiões da Ásia. A única exceção é o urso-de-óculos, que vive em alguns países da América do Sul (Venezuela, Colômbia, Peru, Bolívia e Argentina), principalmente na região dos Andes. Ele é parente próximo de uma espécie de urso que viveu no Brasil na Idade do Gelo.

Os grandões do mundo

Atualmente, os maiores ursos são os **ursos-polares** e uma subespécie de urso-pardo chamada de **urso-kodiak**. O maior urso-polar já visto pesava mil quilos e media 3,4 metros em pé. Os **ursos-de-óculos** não são tão grandes: eles pesam até 110 quilos e medem 1,8 metro de altura.

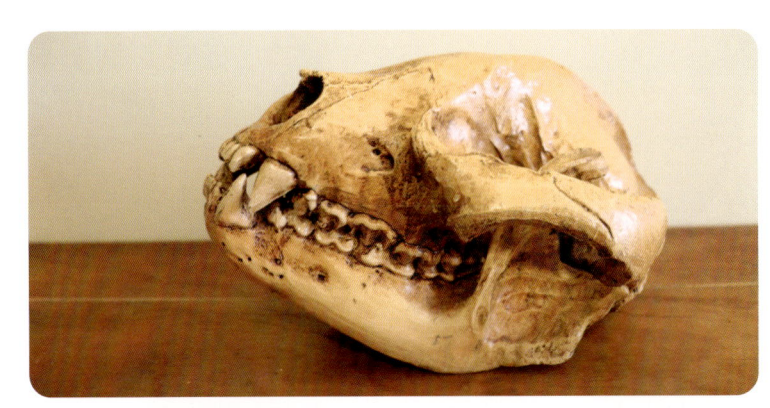

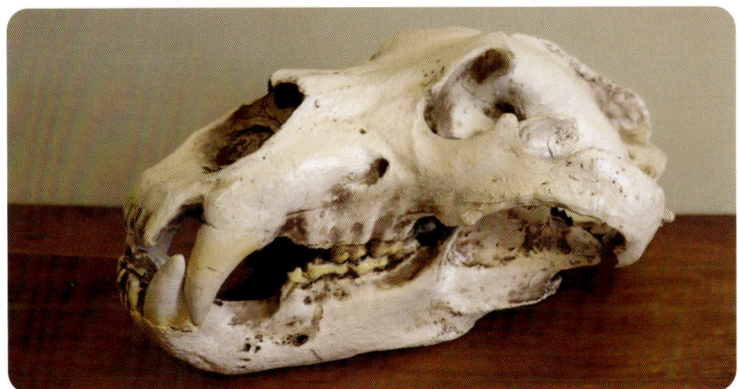

O urso panda (acima) tem uma alimentação predominantemente herbívora. Por sua vez, a alimentação do urso-pardo (abaixo) é no geral carnívora. As diferenças entre o formato dos crânios e dos dentes são adaptações para cada dieta específica.

Assim como o urso-de-óculos, que gosta de comer frutas, caules de plantas, raízes, flores, mel, bromélias, ovos, pequenos mamíferos e até insetos, as espécies brasileiras de urso do passado também eram onívoras, tendo uma alimentação bastante semelhante.

GALERIA DOS GIGANTES...

USO-DE-CARA-CURTA

Apesar das cores e tamanhos diferentes, todos os ursos possuem algumas características em comum. Seus pelos são grossos, a cauda é bem curta, eles andam sobre as plantas dos pés e têm garras enormes.

Os ursos brasileiros do passado também tinham essas características, mas eles eram maiores que os ursos-polares. Tinham perto de três metros de altura em pé e pesavam mais de uma tonelada. Seu focinho era curto, assim como o dos ursos-de-óculos, motivo pelo qual são chamados **ursos-de-cara-curta** (*Arctotherium bonariense*).

O desgaste dos dentes indica que eles tinham uma alimentação onívora, composta por carne, ovos, mel, frutas e partes duras de vegetais, como sementes, raízes e cascas de árvores. Acredita-se que usavam seu grande porte para afugentar outros predadores e roubar deles as presas abatidas.

Não existem muitos fósseis desses animais. Os poucos descobertos até hoje foram localizados no Piauí, mas provavelmente esses gigantes do passado viviam em várias regiões do Brasil e, certamente, eram os reis de muitos lugares.

> **Curiosidade** ➤ Existia uma grande diferença de tamanho entre os ursos-de-cara-curta machos e fêmeas. Os machos eram bem maiores, podendo pesar em torno de uma tonelada, enquanto as fêmeas tinham perto de seiscentos quilos. Essa diferença, conhecida como **dimorfismo sexual**, também ocorre em outros ursos, como os ursos-polares.

URSO-DE-CARA-CURTA
Arctotherium bonariense

- Onívoro
- 3,5 m
- 3 m (em pé)
- 600 kg
- 40 km/h
- 25 anos

LOBOS

Lobo solitário

O **lobo-guará** tem nome de lobo e cara de raposa, mas a verdade é que ele não é nem um nem outro. Embora seja um canídeo, o lobo-guará não é parente dos lobos. Na classificação biológica dos animais, ele não pertence ao gênero *Canis*, o mesmo dos lobos, coiotes, chacais e cães domésticos. Também não está classificado no gênero das raposas, *Vulpes*. Seu nome científico é *Chrysocyon brachyurus*, uma classificação exclusiva, com um gênero único entre os animais.

Ele é muito adaptado a áreas abertas, principalmente ao bioma do Cerrado, mas também pode viver no Pantanal e em bordas de mata de outros biomas, como Amazônia, Caatinga e Mata Atlântica. Suas pernas são longas, ótimas para caminhar e correr no capim alto do Cerrado.

Diferentemente da maioria dos outros canídeos, além de comer carne, o lobo-guará adora frutas, principalmente uma fruta típica do Cerrado, que, por causa dele, recebeu o nome de fruta-do-lobo.

Esqueletos antigos de lobo-guará foram encontrados em cavernas em Minas Gerais. Isso prova que, assim como a onça-pintada, ele é um representante vivo da nossa megafauna.

Diferentemente dos outros lobos que vivem em grandes bandos, chamados de alcateias, o lobo-guará é um animal solitário que só se encontra com o parceiro na época de reprodução.

GALERIA DOS GIGANTES...

CÃO-DAS-CAVERNAS

O lobo-guará não foi o único canídeo de grande porte brasileiro. Nas mesmas cavernas onde o naturalista Peter Lund encontrou esqueletos de lobo-guará, foram descobertos também os de uma outra espécie de lobo, o **cão-das-cavernas** (*Protocyon troglodytes*). Diferentemente do lobo-guará, que tem comportamento mais tímido, o cão-das-cavernas era um predador voraz e provavelmente caçava em matilhas, assim como os atuais lobos-cinzentos do hemisfério Norte.

O cão-das-cavernas viveu em quase todo o território nacional. Era forte, pesava em média cinquenta quilos e tinha o tamanho de um pastor-alemão. Tinha uma cabeça musculosa e uma mordida poderosa, usada para caçar capivaras-gigantes, porcos-brasileiros, paleolhamas e cavalos. Como caçavam em bando, devem ter sido os predadores mais temidos e letais da Idade do Gelo no Brasil.

> **Curiosidade** ➤ Os **lobos** atuais do hemisfério Norte também vivem em bandos, chamados **alcateias**. Assim como os cães-das-cavernas, que caçavam grandes animais, os lobos conseguem abater bisões, alces, cervos e javalis.

CÃO-DAS-CAVERNAS
Protocyon troglodytes

- Carnívoro
- 1,8 m
- 0,65 cm (cernelha)
- 50 kg
- 55 km/h
- 15 anos

CAVALOS SUL-AMERICANOS

Os **cavalos** são animais magníficos. Fortes, velozes e resistentes, têm dentes especializados em comer vegetais, principalmente grama e capim. Ao longo da evolução desse grupo, para melhorar o desempenho nas corridas, os dedos das patas dianteiras e traseiras foram reduzindo em tamanho e em número, até que restou apenas um único dedo por pata, com uma unha que chamamos de casco. Por isso, os cavalos são classificados como **perissodáctilos**.

Nas Américas, não existem mais cavalos selvagens. Os cavalos que vivem hoje no Brasil são descendentes daqueles que vieram para cá no tempo das grandes navegações, trazidos pelos portugueses e espanhóis. Porém, na época da megafauna brasileira, havia cavalos selvagens aqui. Eles formavam manadas que cruzavam os cerrados, assim como fazem as zebras atualmente nas planícies africanas.

Socorro! O que é isso?
Perissodáctilo é o grupo dos mamíferos que têm um número ímpar de dedos nas patas e que se apoiam diretamente nas unhas, em formato de casco. Por exemplo, cavalos, zebras, antas e rinocerontes.

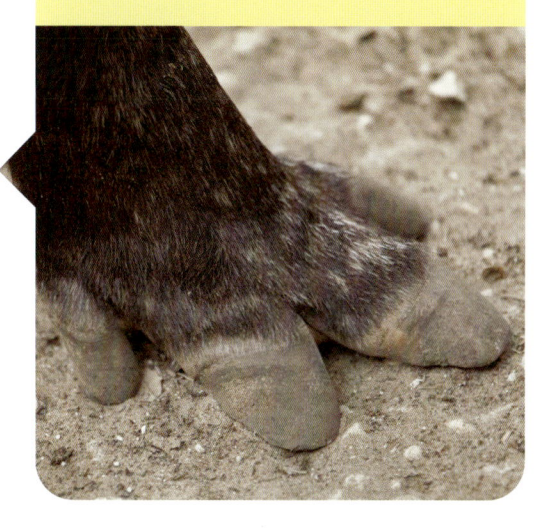

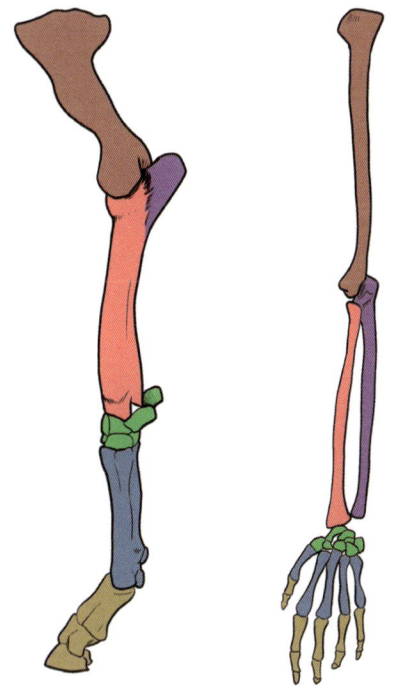

Comparação entre os ossos de um perissodáctilo (cavalo), à esquerda, e os do braço e da mão humana, à direita.

Você sabia? ➤
O único perissodáctilo atual da fauna brasileira é a **anta**. Ela é o maior mamífero terrestre do Brasil, chegando a pesar trezentos quilos e medindo 1,2 metro de altura até a cernelha. Durante o Pleistoceno, viveu aqui uma anta um pouco maior que a atual, a *Tapirus cristatellus*, que habitava os estados de Minas Gerais e Bahia.

GALERIA DOS GIGANTES...

AMERIPUS E HIPIDION

Dois exemplos de cavalos selvagens que viveram no Brasil são o **ameripus** (*Amerhippus neogaeus*), muito parecido com alguns cavalos selvagens atuais, como o cavalo-de-przewalski, que vive nos desertos da Mongólia; e o **hipidion** (*Hippidion principale*), que era menor, medindo cerca de 1,1 metro de altura até a cernelha, e com uma cabeça mais estreita, alta e comprida.

O lábio superior do hipidion provavelmente era muito forte e formava algo parecido com uma reduzida tromba, que ele usava para arrancar folhas de arbustos. É provável que nossos cavalos selvagens tenham sido as presas mais comuns de grandes carnívoros, como os lobos, os ursos-de-cara-curta e os tigres-dentes-de-sabre.

Curiosidade ➤ O **hipidion** habitou várias regiões da América do Sul até cerca de 8,5 mil anos atrás, chegando a conviver com as primeiras populações nativas sul-americanas. Apesar disso, não há evidência de que tenha sido domesticado. Muito pelo contrário, ossos de hipidion encontrados no Chile e na Argentina apresentam marcas de cortes e de fogo, provando que eram caçados, assados e devorados pelos humanos.

AMERIPUS
Amerhippus neogaeus

- Herbívoro
- 350 kg
- 2,5 m
- 65 km/h
- 1,4 m (cernelha)
- 25 anos

HIPIDION
Hippidion principale

- Herbívoro
- 230 kg
- 2 m
- 45 km/h
- 1,1 m (cernelha)
- 20 anos

PORCOS

Há muitas espécies de porcos selvagens no mundo. No Brasil, existem duas: o queixada e o cateto.

O **queixada** (*Tayassu pecari*) é o maior deles, mede um metro de comprimento quando adulto e pode pesar entre 35 e quarenta quilos. Seus pelos são pretos, com apenas o queixo branco. Formam grandes bandos com até trezentos integrantes.

Seu nome reflete um comportamento de quando eles estão bravos. Eles abrem e fecham a boca emitindo um som bem forte e alto, e ficam com os pelos das costas arrepiados.

Os queixadas são perigosos. Há relatos de bandos que atacaram pessoas e até onças-pintadas. A única maneira de fugir é subindo em uma árvore. Caso um dos animais fique ferido durante o ataque de um predador, todos do bando o cercam e defendem o amigo.

Porquinho tranquilo

O **cateto** (*Pecari tajacu*) é bem mais manso e tímido. Ele mede aproximadamente oitenta centímetros de comprimento e pesa entre quinze e trinta quilos. Seus pelos são escuros, com uma faixa branca ao redor do pescoço, parecendo um colar.

Catetos formam grupos com até quinze animais e vivem desde o sul dos Estados Unidos até as Américas Central e do Sul. Eles não fazem parte do grupo dos Suínos, como os javalis e os porcos domésticos, e são classificados em uma família chamada *Tayassuidae*.

Eu não sou daqui

Os **javalis** que se espalharam por muitos lugares do Brasil não são nativos, ou seja, naturais do país. Eles são javalis-europeus e foram trazidos para criação. Porém, muitos escaparam e se adaptaram superbem ao clima daqui.

São animais que causam estragos em plantações e acidentes sérios com pessoas. Hoje em dia, muitos javalis cruzaram com porcos domésticos e geraram os chamados **javaporcos.**

Os catetos têm um excelente olfato e, por isso, o focinho e as narinas desses animais são voltados para a frente. Essa posição ajuda a farejar alimentos e até predadores.

Atualmente o queixada é a maior espécie de porco-selvagem do Brasil.

GALERIA DOS GIGANTES...

PORCO-BRASILEIRO

Nas cavernas de Minas Gerais, foram encontrados muitos esqueletos de **porcos-do-mato**, indicando que as espécies atuais conviveram com os gigantes do passado. Durante o Pleistoceno, havia também uma terceira espécie, hoje extinta, o **porco-brasileiro** (*Brasiliochoerus stenocephalus*). Ele tinha a cabeça estreita e era um pouco maior que os queixadas atuais, pesando por volta de 45 quilos. Formavam grupos agressivos, que usavam os dentes para se defender de predadores, como os cães-das-cavernas. A espécie viveu há mais ou menos 12 mil anos, no Cerrado e nos cerradões do estado de Minas Gerais.

Os porcos do passado e os atuais fazem parte do grupo dos **artiodáctilos**. Além deles, bois, cabras, veados, girafas, lhamas, camelos, antílopes e outros também fazem parte desse grupo.

Curiosidade ➤ Os **veados**, como o cervo-do-pantanal e o veado-mateiro, são artiodátilos comuns nos nossos biomas. Na Idade do Gelo, veados tão grandes quanto renas europeias viveram aqui. Alguns deles, como *Epieuryceros*, *Antifer* e *Morenelaphus*, habitavam áreas de pastagens. Na época de reprodução, os machos desenvolviam enormes galhadas para disputarem territórios e fêmeas.

Socorro! O que é isso?
Artiodáctilos são animais que possuem um número par de dedos revestidos por cascos. Podem ser quatro dedos, como nos porcos e nos hipopótamos, ou dois, como nos bois e bodes.

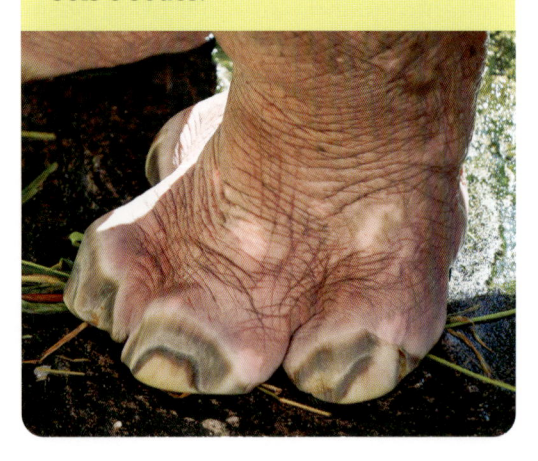

PORCO-BRASILEIRO
Brasiliochoerus stenocephalus

- Onívoro
- 45 kg
- 1,2 m
- 30 km/h
- 0,7 m (cernelha)
- 20 anos

CAMELÍDEOS

Quando falamos em animais dos desertos, logo nos vêm à cabeça os **camelos** e **dromedários**. Olhando as imagens, dá para ver a principal diferença entre eles: os camelos possuem duas corcovas e os dromedários, apenas uma. Tanto camelos como dromedários foram domesticados pelos homens há milhares de anos e, hoje, são muito raros em estado selvagem.

Ainda existem aproximadamente mil camelos selvagens que vivem no deserto de Gobi, localizado na China e na Mongólia.

Um estranho no ninho

Os **dromedários**, que são originários do nordeste da África e de algumas regiões da Ásia, foram quase todos domesticados. O único lugar onde eles ainda vivem livres na natureza é no deserto da Austrália. Mas como chegaram lá? Eles foram importados de outros países, como o Afeganistão, durante o século XIX, para ajudar os colonizadores no transporte de suprimentos e mercadorias. Muitos escaparam ou foram soltos e se adaptaram às regiões desérticas. Porém, esses dromedários não são considerados selvagens, pois não são nativos da Austrália.

Além da corcova, outra diferença bem marcante entre camelos e dromedários são as **pernas**. Os dromedários têm pernas longas, enquanto as dos camelos são mais curtas. Também há diferenças entre os **pelos** deles. Os dromedários têm pelos curtos espalhados por todo o corpo. Já os camelos possuem pelos mais longos, principalmente nas coxas, na cabeça e na garupa.

Os camelos vivem em regiões da China e da Mongólia. São áreas com vegetação baixa nos vales, cercados de montanhas altas.

Os dromedários são mais adaptados a regiões secas, como países do norte da África e do Oriente.

GALERIA DOS GIGANTES...

Tanque de água?

Os camelos e os dromedários não armazenam água nas corcovas, e sim **gordura**, um excelente "combustível" para eles. É consumindo essa gordura que conseguem ficar vários dias sem beber água.

Eles aproveitam ao máximo a água que bebem e o líquido dos vegetais que comem. Tanto é que a urina desses animais é bem espessa, com pouco líquido eliminado. Suas fezes são tão secas que as pessoas as utilizam para fazer fogo.

Primos da América do Sul

Você sabia que os camelos e os dromedários têm parentes sul-americanos? São os chamados **camelídeos sul-americanos**: a lhama, a alpaca, a vicunha e o guanaco. Mas não pense em corcovas, porque eles não têm!

A vicunha e o guanaco são espécies selvagens, enquanto a lhama e a alpaca foram domesticadas há milhares de anos. Os povos incas já as utilizavam, e até hoje muitas pessoas usam a lã, a carne e o leite delas, que também servem como animais de carga.

Esses bichos vivem em muitas regiões do Peru, da Bolívia, do Equador, da Colômbia, do Chile e da Argentina. São muito bem adaptados às regiões andinas. Seus pelos são grossos e densos e servem como proteção contra as baixas temperaturas. Os dentes são fortes e muito resistentes, possibilitando-lhes mastigar os arbustos e a grama dura da região dos Andes. Os cascos são ótimos para caminhar e correr nas montanhas rochosas. A capacidade pulmonar e a maior quantidade de glóbulos vermelhos no sangue desses animais permitem que eles sobrevivam em altitudes elevadas.

Eles são classificados em duas ordens diferentes. Os guanacos (*Lama guanicoe*) e as lhamas (*Lama glama*) pertencem à ordem *Lama*. Já a vicunha (*Vicugna vicugna*) e a alpaca (*Vicugna pacos*) fazem parte da ordem *Vicugna*.

Quando criadas desde jovens, as lhamas se tornam animais muito mansos (no topo). Alpaca, vicunha e guanaco são animais da família dos camelídeos sul-americanos (acima).

56

Curiosidade ➤ Existem diferenças entre animais selvagens e domésticos? Sim. Os **domésticos** são animais que vivem com os homens há milhares de anos. Os humanos conviviam com eles e utilizavam esses bichos para transporte, alimentação, retirada de couro e pelos. Os criadores realizavam diversos cruzamentos, escolhendo os animais com aspectos mais interessantes, por exemplo, os maiores, os que produziam mais leite, mais lã etc. Assim surgiu o que chamamos de raças entre essas espécies de animais domésticos. Hoje esses animais não são encontrados na natureza com as mesmas características físicas.

Já os **animais selvagens**, também chamados de animais silvestres, são os que vivem em seu hábitat natural. Mesmo que um animal selvagem viva em cativeiro, ele não é considerado doméstico, já que tem as mesmas características físicas dos que vivem na natureza.

Um exemplo: um leão pode nascer em cativeiro e se tornar manso, mas, ainda assim, não é considerado doméstico. Da mesma maneira, um cavalo pode nascer na natureza e nunca ser domado, mas ele não pode ser considerado selvagem – sempre será um animal doméstico.

Muitas raças de animais foram domesticadas pelos homens. Os cães foram os primeiros (acima, à esquerda), e apesar da grande diversidade de raças, todos os cães modernos são descendentes dos lobos (acima, à direita). Outras raças, como as de gado, são criadas em grande escala.

GALERIA DOS GIGANTES...

PALEOLHAMA E LHAMA-GIGANTE

Assim como as lhamas atuais, as da Idade do Gelo também viviam em regiões mais frias da América do Sul, como os Andes e a Patagônia. Na última glaciação, as temperaturas baixaram um pouco no Brasil e isso permitiu que grupos dessas antigas lhamas ocupassem a maior parte do nosso território.

A **paleolhama** (*Palaeolama major*) é uma lhama extinta, um pouco maior que as atuais. Seus fósseis foram encontrados em Minas Gerais, no Mato Grosso do Sul e em vários estados do Nordeste. Tinha pelagem densa, pernas fortes e focinho delicado. Além disso, chegou a conviver com as primeiras povoações humanas no Brasil.

Outra lhama brasileira extinta é a **lhama-gigante** (*Hemiauchenia paradoxa*), o maior camelídeo que já viveu na América do Sul. Ela tinha mais de 1,6 metro de altura e pesava mais de seiscentos quilos. Apesar do tamanho, possuía pernas longas e magras, o que indica que devia ser uma excelente corredora dos pampas.

Na Bahia, viveu uma lhama extinta menor (*Hemiauchenia mirim*) que não passava de 1,5 metro de altura e cem quilos. Ela vivia em pequenos grupos que se alimentavam de folhas de arbustos da Caatinga.

PALEOLHAMA
Palaeolama major

- Herbívoro
- 2,1 m
- 1,3 m (cernelha)
- 150 kg
- 50 km/h
- 20 anos

LHAMA-GIGANTE
Hemiauchenia paradoxa

- Herbívoro
- 3 m
- 1,6 m (cernelha)
- 600 kg
- 60 km/h
- 25 anos

ELEFANTES

Existe um grupo de mamíferos muito interessante e diferente classificado cientificamente pelo nome de **Proboscídeos**. No passado havia diversos animais nesse grupo, como mamutes e mastodontes, que viveram nas Américas, Ásia e África. Hoje há apenas os **elefantes**. Atualmente existem três espécies diferentes: o elefante-africano-da-savana, o elefante-africano-da-floresta e o elefante-asiático.

São os maiores animais terrestres do mundo, com os machos podendo chegar a 3,5 metros de altura e sete toneladas de peso! Os adultos podem comer 450 quilos de vegetais por dia e beber duzentos litros de água! Entre várias curiosidades, duas características chamam bastante atenção nesses incríveis animais. Uma é a tromba, que na verdade é um prolongamento do nariz e do lábio superior. A outra são as enormes presas, chamadas de marfim. Nas espécies africanas, machos e fêmeas têm marfins, mas, na espécie asiática, somente os machos os têm.

Os elefantes-africanos são os maiores animais terrestres do mundo. As manadas são lideradas por uma fêmea mais velha. Esse comportamento é chamado de "sociedade matriarcal". Ela ensina todos os animais do grupo a procurarem água e alimento, a evitarem predadores e a seguirem rotas de migração que podem ter quilômetros de distância.

GALERIA DOS GIGANTES...

MASTODONTES

É difícil imaginar, mas poucos milhares de anos antes de Pedro Álvares Cabral chegar ao Brasil e encontrar os povos indígenas, grandes manadas de elefantes selvagens viviam em áreas abertas semelhantes ao Cerrado em quase todo o país. Eram os **mastodontes** (*Stegomastodon waringi*), que viveram no mesmo período de seus primos, os mamutes, mas eram bem diferentes deles.

Os mamutes habitavam regiões muito frias e cobertas de gelo no hemisfério Norte. Para se manterem aquecidos nesse frio, eles tinham de ser muito peludos e corpulentos, e seus marfins eram bem longos e recurvados para poderem remexer a neve à procura de plantas congeladas, que ficavam encobertas durante o inverno. Já os nossos mastodontes viviam em uma região quente e não precisavam ser tão peludos.

Por isso, quando adultos, eles provavelmente nem tinham pelos, algo bem parecido com os atuais elefantes. Os marfins dos mastodontes eram mais retos e as orelhas, um pouco maiores que as dos mamutes.

De forma geral, os mastodontes se pareciam muito com os elefantes atuais, inclusive no tamanho. As principais diferenças estavam nos marfins maiores e na testa mais achatada.

Com comportamento parecido com o dos elefantes atuais, os mastodontes viviam em manadas que cruzavam o Cerrado brasileiro.

Um nariz versátil

Os mastodontes usavam suas poderosas trombas para buscar todo tipo de vegetação, inclusive nas copas das árvores. Assim como hoje, as árvores do Cerrado antigo não eram muito altas, e animais como as grandes preguiças-terrestres e os mastodontes se deliciavam comendo as folhas tenras e os frutos colhidos em uma altura que nenhum outro herbívoro alcançava.

Você sabia? ➤ Muitas árvores atuais, como a paineira (abaixo) e o pau-brasil, apresentam estruturas parecidas com **espinhos** em seus troncos e galhos. Hoje, tais estruturas não têm muita serventia, mas, no passado, quando essas árvores viviam com os grandes herbívoros da megafauna, os espinhos eram uma forma de defesa, preservando suas folhas e ramos da fome desses bichões.

MAMUTE

- Pelos para se proteger do frio
- Orelhas pequenas
- Marfins grandes para buscar alimento

MASTODONTE

- Orelhas grandes
- Ausência de pelos para se refrescar

GALERIA DOS GIGANTES...

MASTODONTE
Stegomastodon waringi

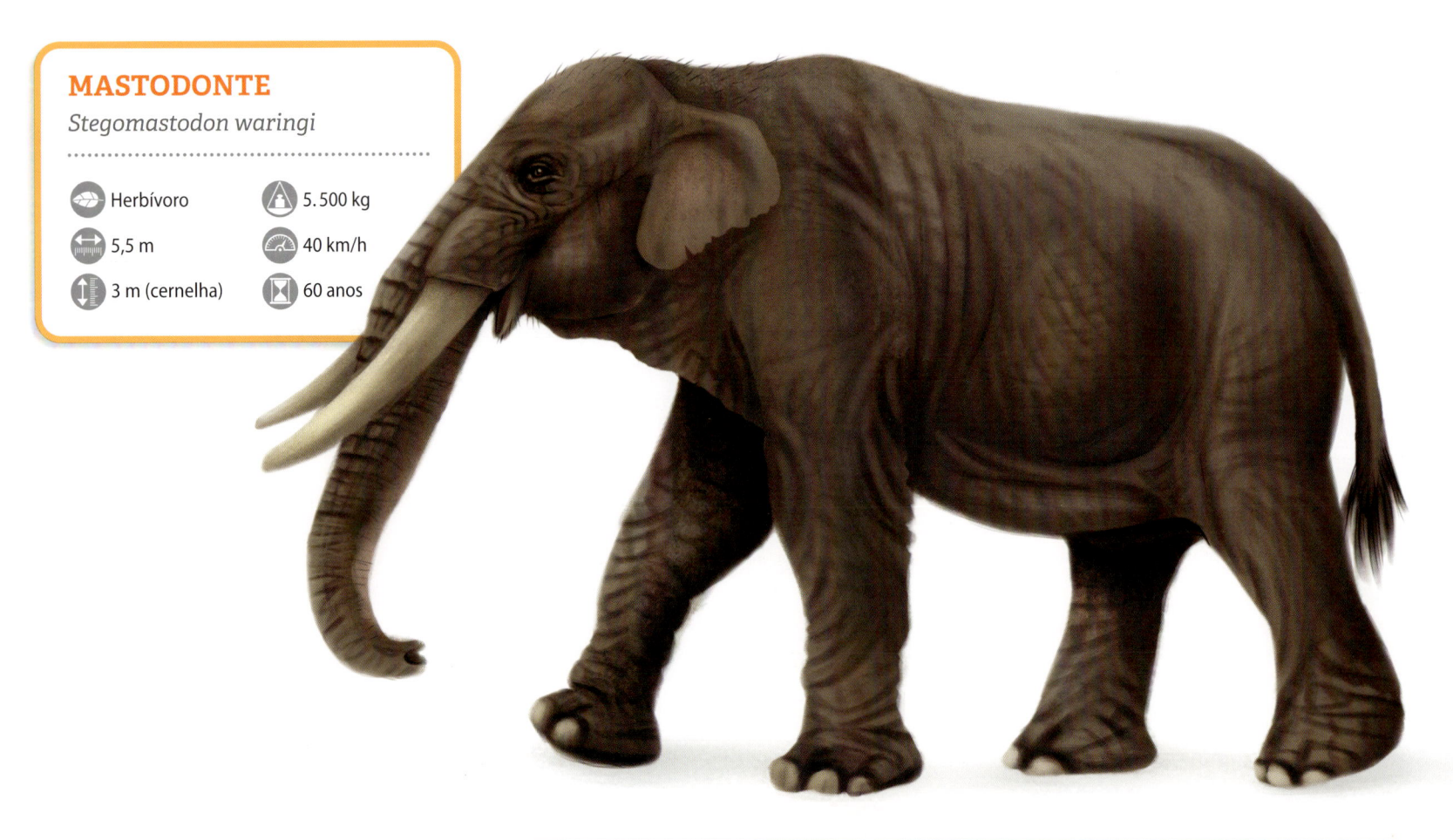

- Herbívoro
- 5,5 m
- 3 m (cernelha)
- 5.500 kg
- 40 km/h
- 60 anos

Curiosidade ➤ Os **molares** são os dentes localizados na parte de trás da boca. Dependendo da espécie animal, eles têm formatos e funções diferentes.

Nos **herbívoros**, como cavalos e bois, eles são achatados. Os dentes da parte de cima da boca se encaixam diretamente nos dentes de baixo. Eles têm formato mais retangular e funcionam como um moedor de vegetais, ajudando a triturar os alimentos durante a mastigação.

Nos animais **carnívoros**, como onças e leões, os dentes molares são pontudos. Os da parte de cima da boca não se encaixam nos dentes de baixo. Eles passam lateralmente rentes uns nos outros, funcionando como uma tesoura, própria para cortar pedaços de carne.

Assim como nos elefantes atuais, os molares dos mastodontes se desgastavam com o passar do tempo. Caso isso acontecesse, eles acabavam morrendo de fome, pois não conseguiam mastigar o alimento.

Réplica em miniatura de um mamute (à direita) e fóssil do molar do animal (à esquerda).

TOXODONTES

Apesar de diferentes, a maioria dos animais da megafauna brasileira tem alguma relação com os mamíferos atuais. Por isso, quando os comparamos, conseguimos ver semelhanças entre mastodontes e elefantes, ou entre tigres-dentes-de-sabre e leões, por exemplo.

Porém, existiram mamíferos que pertenceram à megafauna brasileira e que não têm nenhuma relação com os de hoje – por isso, eles nos parecem tão diferentes. Um exemplo é o **toxodonte** (*Toxodon platensis*), um curioso animal herbívoro do tamanho de um rinoceronte-branco que viveu em quase todo o Brasil, com exceção da região Norte.

Os toxodontes (ao fundo) provavelmente tomavam banho de lama, assim como os rinocerontes e búfalos de hoje. Isso os ajudava a se refrescar e evitava picadas de mosquitos. Assim como acontece com os leões nas savanas africanas, os carnívoros do passado, por exemplo os tigres-dentes-de-sabre, caçavam somente quando estavam com fome.

GALERIA DOS GIGANTES...

O **toxodonte** pesava mais de uma tonelada e passava a maior parte do tempo pastando em áreas abertas ou às margens de rios e lagos, buscando plantas aquáticas. De vez em quando, ele mergulhava em lamaçais para se livrar dos parasitas. Tinha a cabeça grande, focinho largos, lábio preênsil e dentes incisivos da mandíbula achatados e projetados para a frente como uma pá, que serviam para arrancar e cortar plantas. Seu pescoço era curto e forte e ele mantinha a cabeça sempre baixa, próxima ao solo, o que indica que, apesar de ter um grande porte, se alimentava principalmente de vegetação baixa, como capim e arbustos.

O seu corpo era robusto e volumoso, apoiado em patas proporcionalmente pequenas que terminavam em três dedos. As patas da frente, mais curtas que as de trás, e uma musculosa corcova davam um aspecto bem diferente a esse animal que se extinguiu há 8 mil anos.

> **Você sabia?** Para compensar o desgaste sofrido pela alimentação, os **dentes** do toxodonte cresciam o tempo todo, sem parar. Isso ocorre também em roedores, como capivaras, cutias e pacas.

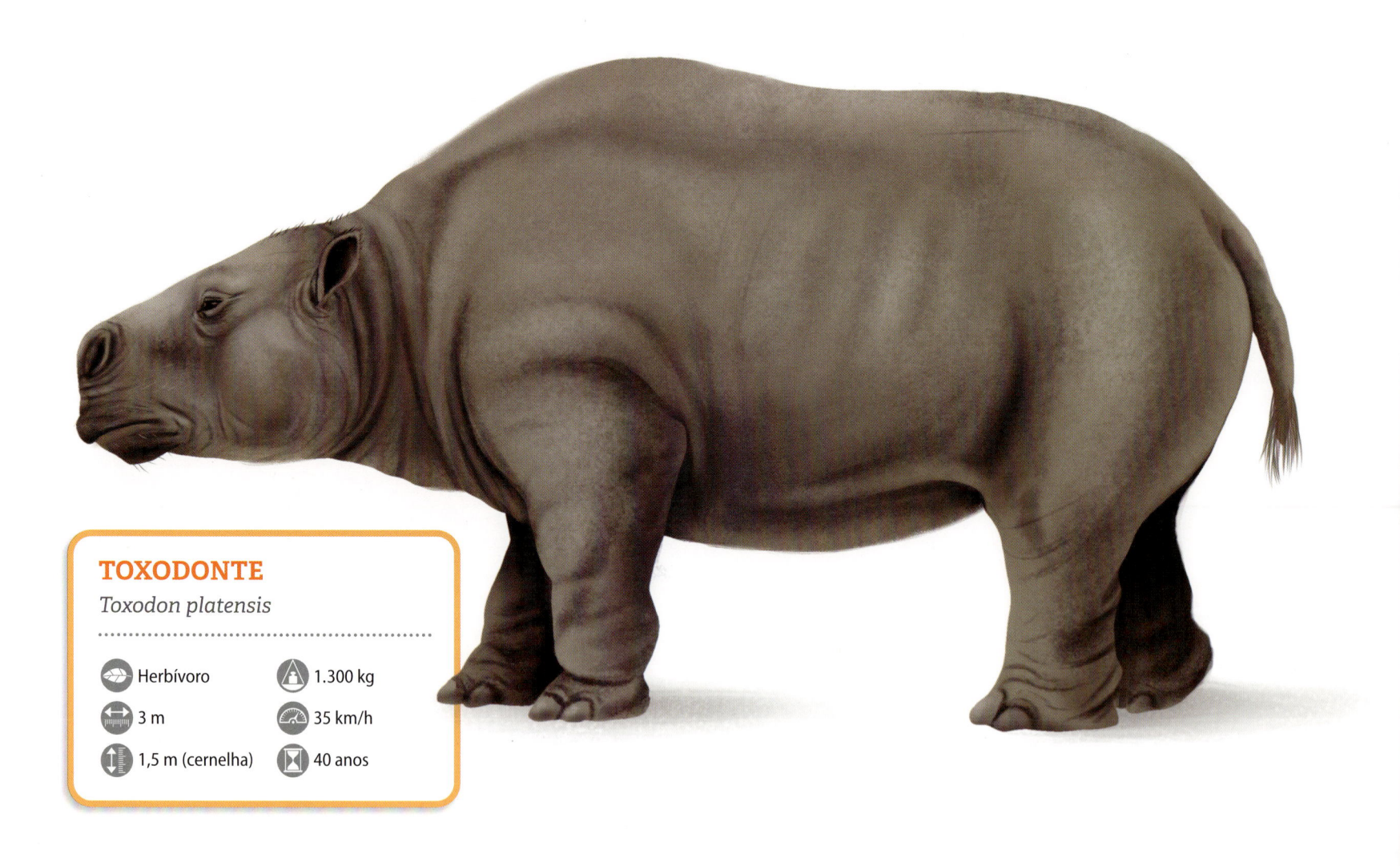

TOXODONTE
Toxodon platensis

- Herbívoro
- 1.300 kg
- 3 m
- 35 km/h
- 1,5 m (cernelha)
- 40 anos

XENORRINOTÉRIO

Outro animal curioso da megafauna brasileira que não possui vínculo com os mamíferos atuais é o **xenorrinotério** (*Xenorhinotherium bahiense*). Esse animal, parecido com uma mistura de dromedário e anta, foi comum nas áreas tropicais mais quentes do país, em estados do Nordeste, em Minas Gerais e no Mato Grosso do Sul.

Seu nome significa "animal com narinas estranhas", porque elas não ficavam na parte da frente do focinho, como é comum em animais terrestres, mas sim no topo do crânio, atrás dos olhos. Isso indica que ele tinha uma pequena tromba, parecida com a da anta, que o ajudava a levar até a boca ramos de árvores, arbustos, brotos, frutos e folhas.

O xenorrinotério tinha o tamanho semelhante ao de um camelo, pescoço comprido e patas longas e musculosas com três dedos.

XENORRINOTÉRIO
Xenorhinotherium bahiense

- Herbívoro
- 500 kg
- 2,5 m
- 50 km/h
- 1,7 m (cernelha)
- 40 anos

GALERIA DOS GIGANTES...

MACRAUQUÊNIA

No Rio Grande do Sul, viveu um parente próximo do xenorrinotério, chamado **macrauquênia** (*Macrauchenia patachonica*). Eles eram muito parecidos, mas viviam em regiões diferentes. Enquanto o xenorrinotério preferia lugares mais quentes e tropicais, a macrauquênia habitava os pampas e outras regiões mais frias, que abrangiam, além do Rio Grande do Sul, a Argentina, o Uruguai, o Chile, o Paraguai e o Peru.

A macrauquênia habitou o sul do Brasil ao lado da preguiça-gigante, da hemiauquênia e de bichos que até hoje vivem nos pampas.

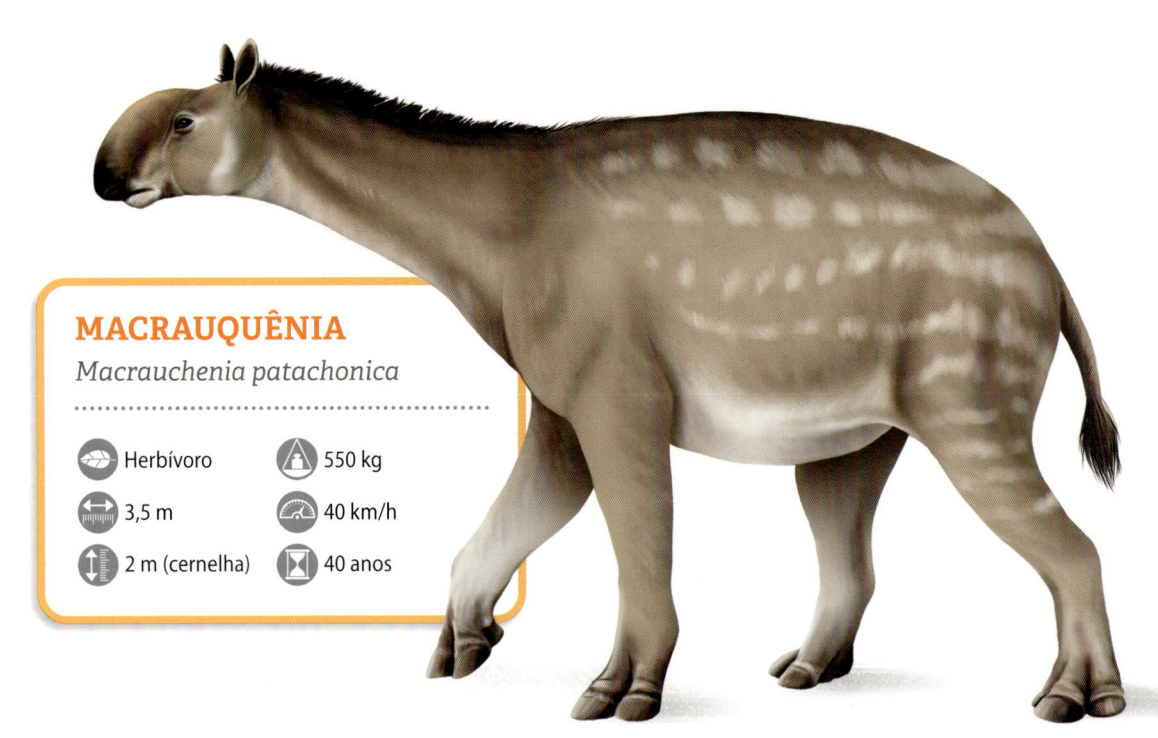

MACRAUQUÊNIA
Macrauchenia patachonica

- Herbívoro
- 550 kg
- 3,5 m
- 40 km/h
- 2 m (cernelha)
- 40 anos

Curiosidade ➤ Os primeiros **fósseis** de macrauquênia e de toxodonte foram descobertos em 1834, na Argentina, pelo famoso naturalista inglês Charles Darwin, autor da Teoria da Evolução.

Darwin estava em uma expedição ao redor do mundo e enviou os fósseis à Inglaterra, onde foram estudados e descritos pelo anatomista Richard Owen. Enquanto descrevia os fósseis de mamíferos sul-americanos encaminhados por Darwin, Owen também estudava outros fósseis europeus, que ele imaginava pertencerem a grandes répteis extintos. Em 1841, Owen chegou à conclusão de que esses fósseis pertenciam a um grupo até então desconhecido pela ciência, que ele batizou de "dinossauros".

Esqueleto de macrauquênia.

Feras da Ciência

Charles Darwin (1809-1882) foi um naturalista inglês. Desde garoto, ele se encantava com a natureza. Aos 22 anos, fez uma grande viagem ao redor do mundo, coletando e estudando fósseis, bichos e plantas. Esteve no Brasil em 1832 e ficou maravilhado com as florestas. Em seus estudos, ele notou que, ao longo do tempo, muitas espécies desapareceram e outras novas surgiram, em um processo chamado **evolução**. Darwin não foi o primeiro pesquisador a perceber que a evolução acontecia, mas foi o primeiro a entender como ela funcionava, por meio da seleção natural. Segundo suas descobertas, os seres que estão melhor adaptados ao seu meio ambiente conseguem sobreviver e se reproduzir, enquanto espécies menos adaptadas podem se extinguir. Darwin escreveu suas descobertas no livro *A origem das espécies*, publicado em 1859.

A bordo do barco *Beagle*, Darwin fez observações do mundo natural que o ajudaram a elaborar a Teoria da Evolução.

67

GALERIA DOS GIGANTES...

MACACOS

Um grupo de mamíferos muito representativo no Brasil é o dos **Primatas**. O país tem a maior diversidade desse grupo no mundo, de aproximadamente 120 espécies, com tamanhos, cores e características bem diferentes. E esse número pode aumentar! Com o avanço das pesquisas, os cientistas ainda devem descobrir novas espécies, principalmente nas florestas da Amazônia.

Alguns exemplos de espécies brasileiras são o sagui-imperador, as quatro espécies diferentes de micos-leões, o macaco-aranha, o macaco-barrigudo, o sagui-da-serra-escuro, o bugio, o uacari, o macaco-da-noite e o macaco-prego.

Grandalhão ameaçado

Entre as espécies de Primatas brasileiros, chama muita atenção pelo seu tamanho o **muriqui**, também conhecido como mono-carvoeiro, que vive na Mata Atlântica. O nome "muriqui" tem origem tupi e significa "gente vagarosa", já que eles são tranquilos e um pouco dorminhocos. Já "mono" significa "macaco" em espanhol, e "carvoeiro" foi inspirado na pele escura de seu rosto, lembrando a do trabalhadores de carvoarias.

Os muriquis podem alcançar quase 1,6 metro de comprimento e pesar até quinze quilos. Eles têm braços e cauda compridos, são excelentes escaladores de árvores e vivem apenas nos galhos mais altos. Comem principalmente folhas, mas também gostam de frutas, flores, cascas de algumas árvores, brotos de bambus, samambaias, néctar de flores e algumas sementes.

Há duas espécies de muriquis: o muriqui-do-sul (*Brachyteles arachnoides*), que vive no Paraná, em São Paulo, no Rio de Janeiro, no Espírito Santo e em Minas Gerais; e o muriqui-do-norte (*Brachyteles hypoxanthus*), que habita poucos fragmentos de floresta em Minas Gerais, no Espírito Santo, na Bahia e no Rio de Janeiro. Eles estão muito ameaçados de extinção, principalmente devido à destruição das florestas, que são suas moradias.

O macaco-aranha tem esse nome devido à aparência. Por ter braços, pernas e cauda longos, lembra uma enorme aranha.

O muriqui é parente do macaco-aranha, porém é maior e seu pelo é mais claro.

CAIPORA

O **caipora** (*Caipora bambuiorum*) foi um dos maiores macacos do **Novo Mundo**, com quase o dobro do porte do atual muriqui. Tinha braços compridos e fortes e uma cauda longa, que funcionava como um quinto membro, ajudando-o a se manter entre os galhos das árvores. Ele é um parente próximo dos macacos-aranha e, assim como eles, adorava comer frutos, sementes, folhas, ovos e pequenos animais, como insetos, aranhas, lagartos e até passarinhos, quando conseguia capturá-los.

Você sabia? ➤ "Caipora" significa "morador do mato" em tupi. Caipora também é o nome de uma criatura da mitologia indígena, uma entidade protetora dos animais e da floresta.

Socorro! O que é isso?
Por volta do século XV, os europeus usavam o termo **Velho Mundo** para se referir à Europa, à Ásia e à África. Já o continente americano era chamado de **Novo Mundo**. Até hoje, esses nomes são usados na ciência para diferenciar as origens de algumas espécies animais.

CAIPORA
Caipora bambuiorum

- Onívoro
- 1,7 m
- 0,8 m (em pé)
- 20 kg
- 15 km/h
- 30 anos

GALERIA DOS GIGANTES...

Ossos de caiporas foram encontrados na Toca da Boa Vista, uma das cavernas mais ricas em fósseis da megafauna do Brasil, localizada no estado da Bahia. Quando essa espécie viveu, existiam muitas árvores altas que cresciam próximas às margens dos rios e dos riachos. Nessas árvores, famílias de caiporas viviam em pequenos grupos muito ativos. Há muito tempo, um caipora doente ou desastrado caiu de uma dessas árvores direto dentro de um rio e foi levado pela correnteza. O rio carregou o corpo do animal até uma caverna, onde ele foi fossilizado e encontrado por paleontólogos mais de 10 mil anos depois. Por isso o esqueleto de um bicho que vivia em árvores foi encontrado em uma caverna.

Fugindo do perigo

Mesmo sendo um macaco grande e forte, o caipora vivia no alto das árvores, como os macacos atuais. Essa adaptação era muito eficiente para se proteger do **ataque de predadores**. Cães-das-cavernas, tigres-dentes-de-sabre e outros bichos tinham dificuldade de capturar os caiporas nos galhos das árvores. As espécies de macacos de hoje se protegem dessa mesma maneira de onças-pintadas e de suçuaranas, por exemplo. Esses felinos escalam árvores, mas não são tão ágeis como os Primatas.

Distantes das árvores altas dos cerradões, os caiporas podiam se tornar presas fáceis de uma matilha de cães-das-cavernas.

GALERIA DOS GIGANTES...

Cavernas e grutas

Muitos **fósseis** de animais da megafauna são encontrados em grutas e cavernas, mas provalvemente nenhum deles vivia nesses ambientes. Então, como foram parar lá? Muitos bichos feridos ou doentes buscavam abrigo em grutas e acabavam morrendo, ou ainda, caíam acidentalmente em buracos na terra que terminavam em cavernas. Porém, a forma mais comum de os ossos irem parar lá era sendo carregados pelas enxurradas. Muitas grutas e cavernas ficavam em áreas mais baixas nas paisagens, agindo como um "ralo" natural quando chovia e escoando a água para o subsolo. Na época de tempestades, as enchentes carregavam os corpos de animais mortos na planície para dentro das cavernas, onde acabavam sendo fossilizados.

Curiosidade ➤ Nos tetos de cavernas e de algumas grutas, geralmente há formações de rochas que crescem em direção ao chão. Elas recebem o nome de **estalactites**. São formadas pelo acúmulo de carbonato de cálcio que é levado pela água ao gotejar lentamente pelo teto. Elas podem ter formas e até cores diferentes! E, de tanto gotejar no chão, podem se formar as **estalagmites**. Essa água carregada de carbonato de cálcio também recobre os animais mortos, criando um tipo de capa nos ossos e resultando em um processo de fossilização diferente, conhecido como **incrustação**.

Piscina dos bichões!

Outro local onde se encontram muitos fósseis da megafauna são os **tanques**. Em muitas partes do Nordeste do Brasil, o chão é formado por calcário, um tipo de rocha que se estende por grandes áreas e é conhecido como **lajedo**. Com o passar do tempo, a chuva, o sol e o vento vão criando buracos na rocha, que se enchem de água da chuva e formam grandes piscinas naturais, chamadas tanques.

Os tanques eram os lugares onde a maioria dos bichões que vivia na Caatinga ia beber água. Assim, também se tornavam locais perfeitos para a emboscada de caçadores como os lobos e os tigres-dentes-de-sabre. Os corpos dos animais caçados ou que estavam na planície também eram carregados pelas chuvas para dentro dos tanques, onde muitos estão até hoje, mergulhados, esperando para serem descobertos.

Tanque natural em Itapipoca, cidade do Ceará que abriga o Museu de Pré-História de Itapipoca (MUPHI).

EXTINÇÃO DA MEGAFAUNA

Quando o paleontólogo Peter Lund pesquisava os fósseis da megafauna nas cavernas mineiras, havia algo que o deixava intrigado. Junto às ossadas de animais extintos, como as de tigres--dentes-de-sabre e preguiças-terrestres, ele encontrava também ossos de animais que existem atualmente, como os de lobo-guará e onça-pintada. Lund logo percebeu que a maioria dos mamíferos brasileiros atuais conviveu com os bichões da megafauna. E a pergunta que Lund se fazia, e que muitos pesquisadores ainda fazem, é: por que alguns mamíferos brasileiros (principalmente os maiores) desapareceram, enquanto outros continuam vivos até hoje?

Essa é uma pergunta difícil de responder, pois há diversas possíveis causas para a extinção da nossa megafauna, mas dois fatores podem ter sido decisivos.

O primeiro são as **mudanças ambientais**. Os grandes mamíferos brasileiros, como mastodontes e preguiças-gigantes, estavam adaptados a grandes áreas abertas de Cerrado, Caatinga e Pampa. Com o fim da última glaciação e o aumento da umidade do planeta, esses biomas ficaram muito reduzidos, dando lugar a florestas como a da Mata Atlântica e a amazônica.

Quem já teve a oportunidade de fazer uma trilha em uma dessas florestas sabe que elas são muito fechadas, cheias de árvores e cipós que dificultam a passagem. Imagine só um mastodonte ou um tatu-gigante tentando passar nelas. Eles ficariam enroscados! Então, com as mudanças no ambiente, os grandes herbívoros acabaram prejudicados, ao mesmo tempo que os menores, como antas, pacas e catetos, conseguiram sobreviver nessa nova paisagem sem problemas.

Curiosidade ➤ A **paleolhama** foi um dos últimos animais da megafauna a se extinguir. Por isso, muitos dos seus vestígios ainda estão preservados. Além de esqueletos completos, foram encontrados coprólitos, unhas que formavam os cascos e até mesmo pelos, que mediam mais ou menos dez centímetros. Ao observar esses pelos, sabemos que era um animal de coloração castanha.

No final da Idade do Gelo, as florestas tropicais mais fechadas ocuparam as antigas áreas abertas, afetando diversas espécies da megafauna brasileira.

EXTINÇÃO DA MEGAFAUNA

O segundo fator foi a **chegada do homem** primitivo às Américas. Pinturas em cavernas, marcas de cortes e fogo em ossos encontrados em várias partes do mundo provam que o homem caçava os herbívoros da megafauna.

Existe um controle natural para que haja comida para todos os animais de um bioma. Os grandes herbívoros, muito comilões, são menos numerosos que os pequenos herbívoros. Um exemplo: o número de elefantes na savana africana é menor que o número de pequenos antílopes, porque, se fosse o contrário, não sobrariam plantas, e todos passariam fome.

Assim, por serem grandes, os bichos da megafauna nunca foram numerosos. A presença de um novo e eficiente caçador como o homem pode ter diminuído muito as populações de mega-herbívoros, levando-os à extinção. Com o desaparecimento dos herbívoros, os grandes mamíferos carnívoros também sumiram, por não terem mais o que caçar.

É o caso do tigre-dentes-de-sabre e da suçuarana atual. Esses dois felinos conviveram na mesma época, mas eram adaptados para caçar animais diferentes. Enquanto o tigre-dentes-de-sabre caçava os cavalos e as paleolhamas, a suçuarana pegava pequenos veados, roedores e até insetos, se não encontrasse nada melhor. Com a extinção dos cavalos, das paleolhamas e de outros herbívoros maiores, o tigre-dentes-de-sabre perdeu suas principais presas e acabou desaparecendo. Enquanto isso, os animais que serviam de alimentação para a suçuarana se mantiveram inalterados. Isso fez com que ela sobrevivesse até hoje.

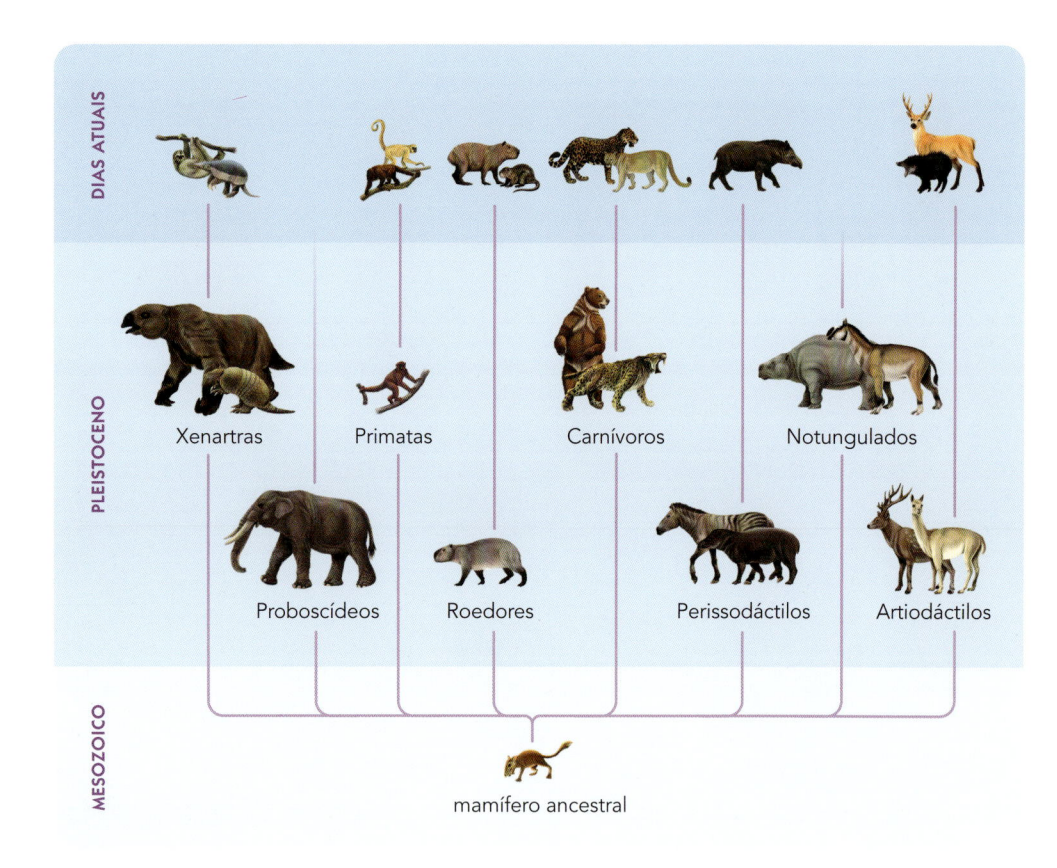

Comparação entre a mastofauna (mamíferos) brasileira do Pleistoceno e a atual.

Tigre-dentes-de-sabre e suas presas mais comuns (acima). Suçuarana e suas presas habituais (abaixo).

UM ALERTA IMPORTANTE!

A **extinção da megafauna** é a prova de que as mudanças ambientais e a atividade humana podem causar o desaparecimento de espécies. As mudanças ambientais do final da Idade do Gelo foram naturais, mas atualmente o homem tem modificado e poluído o ambiente a ponto de causar grandes extinções.

Hoje, só podemos ver os animais da megafauna em museus ou em imagens nos livros, mas os nossos extraordinários mamíferos atuais, como a onça-pintada, a suçuarana, a anta, o tamanduá-bandeira e muitos outros que conviveram com aqueles bichões e estão ainda vivos, nos encantam e devem ser preservados, para que, no futuro, não estejam presentes apenas em museus ou em nossa imaginação.

ONDE TEM?

Listamos a seguir alguns lugares onde você pode ver os fósseis de animais do passado, mas existem muitos outros! Pesquise museus perto de sua cidade, pode ter um pertinho de você.

- Museu de Ciências Naturais da Pontifícia Universidade Católica de Minas Gerais (MG): www.pucminas.br/destaques/Paginas/museu.aspx
- Museu de História Natural de Taubaté (SP): www.museuhistorianatural.com.br
- Museu de Zoologia da Universidade de São Paulo (SP): www.mz.usp.br
- Museu Nacional da Universidade Federal do Rio de Janeiro (RJ): www.museunacional.ufrj.br
- Museu Paraense Emílio Goeldi (PA): www.museu-goeldi.br
- Museu Viagem pela Evolução e Biodiversidade do Mundo – Zooparque de Itatiba (SP): www.zooparque.com.br

Zooparque de Itatiba.

OS AUTORES

ARIEL MILANI MARTINE

Nasci em São Caetano do Sul (SP) e sempre amei a natureza. Desde muito pequeno sou apaixonado por animais, plantas e ambientes do passado do nosso planeta. Ainda bem jovem, comecei a trabalhar como desenhista de animais extintos. Atualmente moro em São Paulo e sou paleontólogo. Tenho o prazer de estudar os fósseis deixados por extraordinárias criaturas que um dia viveram, respiraram e estiveram sob o mesmo céu azul que contemplamos hoje. Sou professor universitário e dou aulas de paleontologia, geologia e evolução. Sou casado com a Bia, também bióloga, e temos muitos animais de estimação. Gosto muito de desenhar e de tocar, principalmente músicas bem antigas.

GUILHERME DOMENICHELLI

Sou biólogo, educador ambiental, professor de ciências e de biologia. Trabalhei em zoológicos e em diversos projetos voltados ao meio ambiente. Sou autor de livros infantojuvenis, dentre eles *Girafa tem torcicolo?* e *Criaturas noturnas*, ambos da Panda Books, e tenho um canal no YouTube chamado Animal TV. Sou casado com a Rachel, e nossas filhas Gabriela e Isadora também adoram animais. Gostamos muito de conhecer os animais de hoje e do passado! Quando estou lendo ou escrevendo sobre animais da Pré-História, sempre imagino como os homens viviam naquela época. Gostaria muito de ter vivido no passado e de ter tido a oportunidade de ver os grandes animais como tigres-dentes-de-sabre e os mastodontes de perto! Seria uma grande aventura, mas com muitos perigos!

PÁBULO DOMICIANO

Nasci em Salto do Itararé, interior do Paraná, e desde criança sou fascinado pela natureza. Sempre gostei de filmes de dinossauros, programas de curiosidades animais e documentários sobre a vida selvagem e o Universo. Por ter essa afinidade, cursei ciências biológicas e atualmente sou professor de ciências e biologia. Porém, como minha sede pelo conhecimento não tem fim, continuo estudando e hoje sou mestrando em geociências na Universidade Estadual de Campinas (Unicamp). Outra de minhas grandes paixões é o desenho. A lembrança mais antiga de uma ilustração que fiz é a de um saurópode (aquele dinossauro pescoçudo) genérico bem simples, e desde então nunca mais parei de desenhar.

CRÉDITOS DAS IMAGENS

pp. 4-5: autores © acervo dos autores.

pp. 6-7: mármore © Rawpixel/Freepik; caderno © v.gi/Shutterstock; bússola e martelo petrográfico © Julija Sh/Shutterstock; papel © Freepik Company S.L.; samambaia © Rawpixel Ltd.; autores © acervo dos autores; celular e clipes © amaiscom.

p. 10: Tundra © Vadim Nefedoff/Shutterstock; Cerrado © Andre Dib/Pulsar Imagens.

p. 11: boi-almiscarado © Stuedal/Shutterstock; Caatinga © Delfim Martins/Pulsar Imagens; Pampa © Mauricio Simonetti/Pulsar Imagens.

p. 14: elefantes e rinocerontes © Nelis Nienaber/Shutterstock; anta © Vladimir Wrangel/Shutterstock; suçuarana © Ricardo Teles/Pulsar Imagens; leão © Go Wild Photography/Shutterstock.

p. 17: autores © acervo dos autores.

p. 19: fóssil © Inspired By Maps/Shutterstock.

p. 20: gravura de fóssil © Peter Lund/Biblioteca Nacional; Peter Lund © Magite Historic/Alamy/Fotoarena; pirâmides © Chongha/Shutterstock.

p. 21: Nièdje Guidon © Armando Fávaro/Estadão Conteúdo/AE.

p. 23: ararinhas-azuis © Danny Ye/Shutterstock

p. 24: preguiça-de-dois-dedos © Vladimir Wrangel/Shutterstock; preguiça-de-três-dedos © worldclassphoto/Shutterstock.

p. 25: coprólito © acervo dos autores.

p. 26: esqueleto de megatério © acervo dos autores.

p. 27: retrato de Georges Cuvier e estudo de anatomia animal por Georges Cuvier © National Library of Medicine (Bethesda, Maryland).

p. 31: crânio de preguiça-de-três-dedos © acervo dos autores.

p. 33: tatu-canastra © Fabio Colombini; crânio de tatu-peba © acervo dos autores.

p. 34: paleotoca © Raphael Zulianello/Alamy/Fotoarena.

p. 36: tatu © Klaus Balzano/Shutterstock.

p. 38: gravura de megatério: ZIMMERMANN, W. F. A. *Le monde avant la création de l'homme ou le berceau de l'univers* – Histoire populaire de la création et des transformations de globe, racontée aux gens du monde. Paris: Schulz et Thuillié; Bruxelles: C. Muquardt; 1864. n.p.

p. 39: esqueleto de dedícuro © acervo dos autores.

p. 42: crânio de paca © acervo dos autores; capivara © Bruno Vieira/Shutterstock.

p. 44: crânio e dente de tigre-dente-de-sabre © acervo dos autores.

p. 46: crânio humano de frente e de lado © R. Gaudenzi/Biblioteca Nacional; onça-pintada © reisegraf.ch/Shutterstock.

p. 47: crânio de urso panda e de urso-pardo © acervo dos autores; urso-de-óculos © Adilson Sochodolak/Shutterstock.

p. 49: lobo-guará © Alex Satsukawa/Shutterstock.

p. 51: pata de perissodáctilo © Vladimir Wrangel/Shutterstock.

p. 53: cateto e queixada © Pedro Helder Pinheiro/Shutterstock.

p. 54: pata de artiodáctilo © Akimov Konstantin/Shutterstock.

p. 55: camelo © Maxim Petrichuk/Shutterstock; dromedário © Aziz Albagshi/Shutterstock.

p. 56: lhama © Erika Cristina Manno/Shutterstock; alpaca © slowmotiongli/Shutterstock; vicunha © Ionov Vitaly/Shutterstock; guanaco © Tadas Jucys/Shutterstock.

p. 57: cão © Bruna Risso; lobo © Vlada Cech/Shutterstock; gado © HQuality/Shutterstock.

p. 59: elefantes-africanos © Paul Hampton/Shutterstock.

p. 61: paineira © acervo dos autores.

p. 62: molar e mamute © acervo dos autores.

p. 67: Ariel com fóssil de macrauquênia © acervo dos autores; Charles Darwin © Everett Collection/Shutterstock; *HMS Beagle* © R. T. Pritchett/domínio público.

p. 68: macaco-aranha © Erni/Shutterstock; muriqui © Leonardo Mercon/Shutterstock.

p. 72: estalactites © Luis War/Shutterstock.

p. 73: tanque natural © Hermínio Ismael de Araújo Júnior/Museu de Pré-História de Itapipoca.

p. 77: Guilherme com capivara © acervo dos autores; Zooparque de Itatiba © Rodrigo Agnelli/Zooparque de Itatiba.

p. 78: autores © acervo dos autores.

p. 79: Pábulo © acervo do ilustrador.